遼金元文學故事

【上冊】

遼金元文學故事（上）

目次

・文采出眾、好學博古的遼聖宗 005
・喜歡結交詩友的遼興宗 011
・因寫詩被逼自盡的皇后 017
・背井離鄉的漢族文士故事 025
・身處關外、鄉思不改的詩人張斛 030
・不愛做官喜作詩的蔡珪 034
・夢中喜得「方寸白筆」的馬定國 040
・「操筆文章學古風」的祝簡 045
・劉汲：不愛名利愛山水 050
・崇尚自然的「虛州居士」：郝俁 055
・書法第一，畫入妙品的任詢 060
・趙可：文字結緣，三朝恩寵 066
・施宜生：三權為官，終被烹死 072
・文武雙全，冠絕當時的海陵王 079
・人生之路滿荊棘的邊元鼎 085
・劉仲尹：喝酒成趣，詠梅作詩 091
・給皇太子當老師的詩人劉迎 095
・失意於科場，得意於文壇的黨懷英 101
・酈權：「漫留詩句懶題名」 106
・「視千古而無愧」的大金通才 110
・官止五品、詩才極品的劉昂 116
・投筆從戎的文人劉中 121

- 敦龐一古儒，風采自名臣 126
- 遼東有名士，詩畫屬龐鑄 131
- 別具詩眼的盲才子趙元 137
- 古代少數民族的傑出詩人 142
- 麻九疇：天生聰慧的隱居詩人 147
- 食量驚人的大鬍子詩人雷淵 152
- 雷琯為逃難飢民著述悲歌 157
- 未成名家的遼東奇才李經 163
- 李汾：「千丈豪氣天也妒」 168
- 金代文學集大成的元好問 174
- 關漢卿：中國戲劇奠基人 180
- 關漢卿創作的精彩散曲 188
- 智勇雙全《救風塵》 196
- 「單刀赴會」關雲長 202
- 《西廂記》：願天下有情人都成眷屬 208

文采出眾、好學博古的遼聖宗

遼聖宗耶律隆緒（九七一年—一〇三一年），契丹名文殊奴，是遼朝一位著名的皇帝。他自幼喜愛書法、文章，十歲能作詩，擅長繪畫，通曉音律，曾經製作歌曲一百餘首，是一位多才多藝的皇帝，對於遼代文學的發展和繁榮起過重要的作用。

耶律隆緒以前，遼朝皇帝及宗室中能寫作詩文的人已大有人在，如他的曾祖父東丹王耶律倍、叔曾祖父耶律德光，祖父行輩的則有耶律隆先、耶律琮和、耶律只沒等，他們寫作的詩文對少年時代的遼聖宗產生了很大影響。契丹貴族自幼多經受良好的傳統漢文化教育，深受唐代社會風氣濡染和歷代文學名著薰陶，除受到本族中年長輩尊人物的影響外，還多有漢族文士為其師傅。契丹貴族兒童學習漢文化，當然要以修齊治平之道為主，但也包括學習漢語、漢文和詩文寫作。耶律隆緒有一位老師，名叫馬得臣，南京（今北京）人，他好學博古，善寫文章，特別是作詩更好。馬得臣長期輔導耶律隆緒，對耶律隆緒的成長和文學方面的發展予以很大的影響。

遼代文學，特別是其中的契丹族作者的文學寫作，在聖宗耶律隆緒時期已發展到相當高的水平，進入了繁盛時期。耶律隆緒和同時代的一些作者經常吟詩作賦，寫作了大量詩文，文學活動在社會上已蔚成風氣。如：

統和十五年，蕭撻凜率輕騎追敵烈部人，乘勢征服阻卜餘部，使諸蕃部每年進貢方物，從此往來如同一家。遼聖宗親自作詩嘉獎，並且令林牙（即翰林學士）耶律昭作賦，記述讚頌蕭撻凜的大功。

開泰五年秋天，在一次大規模狩獵活動中，陳昭袞殺虎救聖宗耶律隆緒，聖宗賜陳昭袞國姓耶律，令張儉、呂德懋作賦讚美。

太平五年，十一月的一天，耶律隆緒親臨內果園宴，命新進士七十二人賦詩，一一予以品評。

前面載於史書的耶律隆緒所作的〈賜詩嘉獎蕭撻凜〉，已經失傳。現在仍流傳的〈傳國璽詩〉，是宋朝人孔平仲記載於他所著《珩璜新論》卷四中的：

神宗朝（或作「仁宗朝」），有出使遼國者，見遼朝國主〈傳國璽詩〉，云：「一時制美寶，千載助興王。中原既失守，此寶歸北方。子孫宜慎守，世業當永昌。」

這是一首詠傳國玉璽的詩，這玉璽乃是後晉高祖石敬瑭時製作的，稱皇帝受命寶，上刻八個字：「受天明命，唯德允昌。」契丹滅了後晉，晉少帝石重貴令其兒子送給遼太宗耶律德光。遼聖宗開泰十年，曾派人騎馬取這玉璽於中京，興宗重熙七年，曾以〈有傳國寶者為正統賦〉為題考試進士。這首〈傳國璽詩〉，過去都認為是耶律隆緒的作品，也有人提出疑議，因為缺乏更多的史料，難以確考，無法作出定論。

《詩話總龜》前集卷十七引《古今詩話》說：

雄州安撫都監稱宣事說：遼國喜愛白樂天詩，聽說遼國人有詩說：「樂天詩集是吾師。」

這一殘句也未確切指明是耶律隆緒作的，但歷來大都認為是他的作品。白居易的詩歌作品，因為有關政事，而且通俗易懂，很受遼朝人士的喜愛，東丹王耶律倍來到中原後便自稱黃居難，字樂地。耶律隆緒還曾經用契丹文字翻譯了白居易的《諷諫集》，令契丹官員誦讀，這不正是「樂天詩集是吾師」嗎！

又據〈添修縉陽寺功德碑記〉說：遼聖宗耶律隆緒曾經到過這個寺院，於登臨觀眺之際，欣然命筆題壁。所題只殘留九個字，研究者考證認為這是一聯五言詩：「野寺殘僧少，山院細路高。」碑上缺其中「野」字，這是刻在石碑上的記載，最可靠。杜甫有兩首〈山寺〉詩，其中一首為：

> 野寺殘僧少，山園細路高。麝香眠石竹，鸚鵡啄金桃，亂水通人過，懸崖置屋牢。上方重閣晚，百里見秋毫。

這首詩首聯便是：「野寺殘僧少，山園細路高。」耶律隆緒題壁殘句與杜甫此詩首聯，只差一個字，而意思全合。如果耶律隆緒所題是他自己的作品，竟能與偉大詩人杜甫詩句暗合，足以表明他寫詩藝術水平之高超；如果所題正是杜甫這首〈山寺〉詩，則足見其對杜詩的諳熟，文學造詣之精深，因為這首杜詩並不是很著名的作品。

耶律隆緒的文章也寫得好，其中有一篇〈賜吉慈尼之素丹馬合木書〉，是一〇二四年寫給包括阿富汗和旁遮普在內的加茲尼帝國著名君主麥哈茂德的一封信，很有價值。信中說：

上天賜地上諸王國于朕，故得統有各族所居之地。朕在京都長享太平，無不如意。世上凡能視聽，無不求與朕為友。附近諸國主朕之姪輩皆時遣使來，表奏貢禮不絕於途，唯卿迄今未曾朝貢。朕久聞卿英武卓越，統制有方，國內乂安，藩鎮慴服，卿享尊榮，理應奉告。普天之下唯朕最尊，卿當事朕以禮也。今派使臣，以道途遙遠，久需時日，故使者所齎不豐，且不欲派官爵高者，恐有逼卿之嫌也。今有貴主下嫁於加的爾汗之子察格利特勤，故命加的爾汗開通道路，庶幾此後聘使往還無礙。遣使當選聰睿解事者，能宣暢朕意，並曉以此間情況。今遣卡利通加，即是此旨，欲以肇啟邦交，永敦鄰好也。

聖宗耶律隆緒有位芳儀是南唐中主李璟的女兒，後主李煜的妹妹，她少年時代生活於文風極盛的環境中，父兄都是著名詞人，受此影響，李芳儀亦當嫻於文墨，善於詩詞，對耶律隆緒寫作詩詞有所影響，耶律隆緒的一百多首曲詞中可能就包含著她的創作。可惜這些曲詞都已失傳。《金史・樂志》載遼代〈鼓吹曲・導引〉一首：

五年一巡狩，仙仗到人間，問稼穡艱難。蒼生洗眼秋光裡，今日見天顏。金戈王斧臨香火，馳道六龍閒。歌謠到處皆相似，天子壽南山。

這首詞是否為聖宗耶律隆緒所作，無法確考，但是我們今天卻可以從其中窺見遼詞之一斑。

喜歡結交詩友的遼興宗

遼興宗耶律宗真（一〇一六－一〇五五年），字夷不堇，小名只骨，他是聖宗耶律隆緒的長子，母親是欽哀皇后蕭耨斤。耶律宗真幼年時就很聰慧，年長後身材魁偉，豁達大度。擅長騎射，喜好儒術，通曉音律，於太平十一年（一〇三一年）即位。

耶律宗真喜歡作詩，並且有幾個詩友之臣。他在位期間，親自寫作詩文和參與文學活動都很多，如：

重熙五年四月，一天，耶律宗真到皇后弟蕭無曲宅第，曲水泛觴賦詩。

重熙六年六月，一天，耶律宗真飲酒酣暢，即席作詩，吳國王蕭孝穆，北府宰相蕭撤八等皆賦詩屬和，至半夜方才結束。

同月的又一天，耶律宗真賜南院大王耶律胡睹衮命，親自作誥詞，同時寫詩賜與，表示寵幸愛重。

同年七月，皇太弟重元生子，耶律宗真賜詩及寶玩器物。魏國王蕭惠生日，耶律宗真親自寫詩祝賀，表示尊崇。重熙二十四年，二月，召宋朝來使釣魚賦詩。

蕭韓家奴是耶律宗真最著名的詩友之臣，《遼史・文學傳》首列的第一人。蕭韓家奴，字休堅。少年好學，入南山讀書，博覽經史，通曉遼、漢文字。耶律宗真與他談話，認為他很有才學，便命為自己的詩友。一次，耶律宗真隨便問蕭韓家奴說：「你聽到過什麼奇聞軼事嗎？」蕭韓家奴回答說：「我只知道炒栗子，小的栗子熟了，大的栗子一定生；大的熟了，小的一定炒焦了。使大小栗子均熟，才算盡善盡美、炒得好，除此以外，不知其他。」因為蕭韓家奴當過南京（現在的北京）栗園令，所以他假託炒栗子來進行諷諫。興宗耶律宗真聽了哈哈大笑。耶律宗真令蕭韓家奴作〈四時逸樂賦〉，作後獻給耶律宗真看，耶律宗真稱道他這篇賦寫得很好。蕭韓家奴後來官任翰林都林牙（大學士），兼修國史。耶律宗真詔諭蕭韓家奴說：「寫作文章的官職，是國家的光華，非有才學之人不能任用。你的學識文章，為當今的大儒，所以授你翰林學士之官職。我的起居，應詳細完全予以實錄。」蕭韓家奴自此日見親信，每當入侍，皆賜坐。遇佳日良辰，耶律宗真與他飲酒賦詩，君臣唱和，相得無比。蕭韓家奴著有《六義集》十二卷、《禮書》三卷，並曾翻譯《通歷》、《貞觀政要》、《五代史》等。

耶律宗真還有一位著名詩友之臣是郎思孝。郎思孝早年考中進士，當過地方官，後來出家成為僧人，長期居住於覺華島（現在的遼寧省興城菊花島）海雲寺。他行業超群，名動天下，時值尊崇佛教，自皇帝以下，親王貴戚等都尊奉他為師。耶律宗真賜郎思孝崇祿大夫守輔國大師尊號，禮如平安，二人相處甚是融洽，郎思孝上章表書奏只須署名而不必稱臣。郎思孝因為自己已遁入空門出家為僧，平常不肯輕易作詩。一次，耶律宗真與郎思孝對榻交談，甚是歡暢，詩興大發，想與郎思孝唱和，便先作一首七言絕句，詩說：

為避綺吟不肯吟，既吟何必昧真心。
吾師如此過形外，弟子怎能識淺深。

郎思孝在這種情況下，也不好推辭，只好和作一首：

為愧荒疏不敢吟，不吟恐忤帝王心。
本吟出世不吟意，以此來批見過深。

天子天才已善吟，那堪二相更同心。
直饒萬國猶難敵，一智寧當三智深。

郎思孝自重熙十七年離開覺華島，住持縉雲山，耶律宗真特派使者張世英前去問候，並且親自寫信，信中說：

冬寒，司空大師法候安樂。比及來冬，差人請去，幸望不賜違阻。方屬祁寒，順時善加保攝。

金朝著名文人王寂評論耶律宗真和郎思孝的特殊關係說：「（郎思孝）如果不是在當時道行大大超越同輩，怎麼能使當朝皇帝如此推崇欽慕呢！然而這也是千載中的一遇呀，難道不是偶然嗎？」郎思孝的《海山文集》，就是王寂多年後在覺華島海雲寺發現的。

這裡也要順便提一下，遼代有許多僧人很有文學天才，寫作不少詩文佳作，如了洙，他的〈范陽豐山章慶禪院實錄〉、〈白繼琳幢記〉都有較高的可讀性。現存於遼寧省博物館的玉石觀音唱和詩碑，作者有多位釋子，首唱就是僧人智化。而行均上人更寫出了《龍龕手鏡》這部文字學重要著作。

耶律宗真的詩作絕大部分已經失傳，流傳到現在的除上面講的與郎思孝的唱和詩外，在〈耶律仁先墓志〉中還存有他寫的賜仁先詩一聯：「自古賢臣耳所聞，今來良佐眼親見。」

耶律宗真的文章也寫得很好，《全遼文》收錄署他名字的文章四十多篇，其中有些肯定經過文臣潤色或出自臣僚之手，但也代表了遼代文章的風格和水平。如〈致宋帝書〉：

> 弟大契丹皇帝謹致書於兄大宋皇弟。粵自世修歡契，時遣使軺。封圻殊兩國之名，方冊紀一家之美。蓋欲洽於綿永，固將有以披陳。竊緣瓦橋關南，是石晉所割，迄至柴氏，以代郭周，興一旦之狂謀，掠十縣之故壤。人神共怒，廟社不延。至於貴國祖先，肇創基業，尋於敝境繼為善鄰，及乎太宗，紹登寶位，於有徵之地，才定並汾；以無名之師，直抵燕薊。炎淳屢易，勝負未聞。

又云：

已舉殘民之伐，曾無忌器之嫌。營築長堤，填塞隘路。開決塘水，添置邊軍。既潛稔於猜嫌，慮難敦於信睦。儻思久好，共遣疑懷，曷若以晉陽舊附之區，關南元割之縣，俱歸當國，用康黎人。如此則益深兄弟之懷，長守子孫之計。

這篇文章同耶律琮的〈與知雄州孫全興書〉一樣，為一篇出色的駢體外交文書，理明言辯，氣度容達，文筆灑脫，對仗工穩。其中警句，為宋朝人士所傳誦。

遼興宗耶律宗真愛好寫詩，詩寫得不算很好，但其「既吟何必昧真心」的詩歌主張，頗可注意，它既反映了契丹民族樸素的文學觀念，又與漢文學中「詩言志」的詩歌理論一脈相承，不但有所繼承，而且有所發展，詩歌寫作要詠「真心」這個新穎的表述形式、新的提法，在文藝批評史的研究中應受到應有的重視。

因寫詩被逼自盡的皇后

遼代文學中有個現象很引人注目，就是契丹的女性作家和她們的獨具特色的優秀作品。契丹人以鞍馬為家，軍旅田獵，后妃等經常隨從前往，她們多數人也善於射禦，甚至能夠親自率領軍隊征戰。但是，這些女性中也有不少人才情兼具、能詩善賦，這種情況與契丹婦女尤其是貴族婦女的社會地位較高、有較多的自由有關。吳梅在他所著的《遼金元文學史》中說「遼邦閨閣多才」，是符合歷史事實的。

在眾多女性作家中，蕭觀音（一〇四〇—一〇七五年）是後人最熟悉的遼代女作家。蕭觀音，是欽哀皇后弟蕭孝惠之女，幼年能誦詩書。年齡稍長，姿容端麗，姣美超群，在蕭氏家族中首屈一指，蕭家視她為觀音，所以小名就叫觀音。重熙二十二年，耶律洪基作為皇太子，又進封為燕趙國王，愛慕蕭觀音賢淑美麗，聘納為妃子。蕭觀音性格婉順，又能歌詩，而且會彈奏箏、琵琶，更為當時第一，因此寵愛非常。耶律洪基即位後，冊立為皇后。

清寧二年八月，耶律洪基狩獵於秋山，蕭觀音率領後宮嬪妃隨同前往。到伏虎林，耶律洪基命她作詩，蕭觀音應聲作出〈伏虎林應制詩〉：

威風萬里壓南邦，東去能翻鴨綠江。
靈怪大千俱破膽，那教猛虎不投降。

耶律洪基特別高興，把詩展示給群臣，說：「皇后可稱得上女中才子。」第二天會獵，耶律洪基親執弓矢，突然有隻猛虎從密林中躍出，耶律洪基對眾人說：「我一定要射得此虎，才可不愧皇后的詩作。」說罷，一發就射死那猛虎，群臣都高聲歡呼，萬歲聲響徹山野。

清寧三年秋天，耶律洪基寫了一首〈君臣同志華夷同風詩〉，令蕭觀音屬和，蕭觀音和詩如下：

虞廷開盛軌，王會合奇琛。
到處承天意，皆同捧日心。
文章通谷蠡，聲教薄雞林。
大宇看交泰，應知無古今。

這首五言律詩寫得典雅工致，是遼代詩歌中的優秀之作。

蕭觀音素來仰慕唐代賢妃徐惠，以她為自己效法的楷模，經常乘機進諫得失。遼朝君臣崇尚狩獵，遼道宗耶律洪基本來就擅長騎馬射箭，狩獵時，經常身穿契丹服裝乘馬驅馳在眾人的前面。他乘坐的馬號稱飛電，奔走如飛，瞬息萬里，經常馳入密林深谷，護從將士在後面追趕不上，尋求不得。蕭觀音為此很是擔心，便上疏進諫，指出這種迷戀狩獵的危險。耶律洪基雖表示接受她的意見，但內心還是很不高興，逐漸疏遠了她。蕭觀音因此作〈回心院詞〉十首，抒發幽怨望倖的心情。「回心院」，這故事也出自唐朝。唐高宗李治的王皇后，被廢為庶人，一次李治隨便走到她幽囚的地方，看見門戶禁錮森嚴，從窗戶洞口中送進飲食，心中惻然傷感，便呼喊：「王皇后在哪裡？身體可好？」王皇后痛哭流涕，表示希望李治能回心轉意，把她現在的住處題名為回心院。李治答應放她出來。這消息傳入武則天耳中，恐怕留此後患，便派人把王皇后害死。〈回心院詞〉十首，堪稱遼代文學中之絕唱：

掃深殿，閉久金鋪暗。游絲絡網塵作堆，積歲青苔厚階面。
掃深殿，待君宴。
拂象床，憑夢借高唐。敲壞半邊知妾臥，恰當天處少輝光。
拂象床，待君王。
換香枕，一半無雲錦。為是秋來轉展多，更有雙雙淚痕滲。
換香枕，待君寢。
鋪翠被，羞殺鴛鴦對。猶憶當時叫合歡，而今獨覆相思塊。
鋪翠袂，待君睡。
裝繡帳，金鉤未敢上。解卻四角夜光珠，不教照見愁模樣。
裝繡帳，待君貺。
疊錦茵，重重空自陳。只願身當白玉體，不願伊當薄命人。
疊錦茵，待君臨。
展瑤席，花笑三韓碧。笑妾新鋪玉一床，從來婦歡不終夕。

展瑤席，待君息。
剔銀燈，須知一樣明。偏是君來生彩暈，對妾故作青熒熒。
剔銀燈，待君行。
爇薰爐，能將孤悶蘇。若道妾身多穢賤，自沾御香香徹膚。
爇薰爐，待君娛。
張鳴箏，恰恰語嬌鶯。一從彈作房中曲，常和窗前風雨聲。
張鳴箏，待君聽。

〈回心院詞〉寓意淒婉，辭藻華麗，頗為後世稱道。清代文人徐釚的《詞苑叢談》就說：「怨而不怒，深得詞家含蓄之意。這時柳永之調尚未流行於北國，所以蕭觀音的〈回心院詞〉大有唐人遺意也。」

蕭觀音本來就喜好音樂，她作的〈回心院詞〉一般的伶人都不能演奏，只有伶官趙唯一會演奏，很受恩寵。教坊朱頂鶴、外直別院宮婢單登在奸臣耶律乙辛暗中主使下誣告蕭觀音私通趙唯一，耶律乙辛並且命人偽造了〈十香詞〉，令單登欺騙蕭觀音說是宋朝皇后所作，請蕭觀音親筆抄寫。蕭觀音信以為實，便為之抄寫，之後在〈十香詞〉後又題〈懷古史〉詩一首，抒發自己的感慨：

宮中只數趙家妝，敗雨殘雲誤漢王。
唯有知情一片月，曾窺飛燕入昭陽。

她親筆所抄寫的〈十香詞〉和這首〈懷古詩〉更成了誣陷者難得的證據，道宗耶律洪基看過耶律乙辛的奏文大怒，馬上召蕭觀音對質。蕭觀音痛哭辯解說：「我嫁與皇帝，身為皇后，地位已達到女人之頂點。況且生兒已立為太子，不久就可以抱孫，兒女滿堂，怎麼作淫奔失行之人呢？」耶律洪基拿出〈十香詞〉，問道：「這不是你親筆寫的嗎，還有什麼可說？」蕭觀音說：「這是宋朝皇后所作，宮婢單登拿來請我抄寫賞賜給她，說是可稱二絕。況且我們遼國根本沒有親蠶之事，如果是我作的，〈十香詞〉中怎麼有親桑的話呢？」耶律洪基說：「寫作詩詞正不妨以無為有，詞中所寫的合縫靴難道也不是你穿的，是宋國人穿的嗎？」耶律洪基特別生氣，便用鐵骨朵（一種兵器，一端形似蒜頭的鐵棒）打蕭觀音，蕭觀音幾乎昏死過去。後來命耶律乙辛、張孝傑二人審理。二人想方設法，費盡心思，坐實此假案。審理結果呈報給耶律洪基，洪基尚且有些猶豫不決，指著〈懷古詩〉說：「這本是皇后罵趙飛燕的意思，她怎麼能又作〈十香詞〉這樣的淫蕩作品呢？」張孝傑回答說：「這首詩正表明皇后懷念趙唯一。」耶律洪基問道：「怎麼看得出呢？」張孝傑說：「『宮中只數趙家妝』，『唯有知情一片月』，二句中就包含著『趙唯一』三個字。」耶律洪基聽了張孝傑的話才下了決心，於是下令命蕭觀音自盡、誅趙唯一九族。蕭觀音自盡前，希望能再見耶律洪基一面，不許，便朝道宗居處遙拜，並且作了一首〈絕命詞〉：

豈禍生兮無朕，蒙惡兮宮闈。將剖心兮自陳，冀回照兮白日。寧庶女兮多慚，遏飛霜兮下擊。顧子女兮哀頓，對左右兮摧傷。其西曜兮將墜，忽吾去兮椒房。呼天地兮慘悴，恨今古兮安極？知吾生兮必死，又焉愛兮旦夕？

此詞作後，蕭觀音便關閉所居寢宮，以白練自縊而死。時為太康元年（一〇七五年），蕭觀音三十六歲。

蕭觀音死後，太子耶律浚無比憂傷與悲憤，耶律乙辛等人心中也甚是不安，於太康三年誣陷皇太子陰謀結黨篡奪帝位。耶律洪基聽信讒言，廢太子為庶人，囚禁於上京。耶律乙辛暗中派人前往殺害了耶律濬和她的妃子，謊報病死。

耶律洪基聽信奸臣的讒言，殺害了自己的賢妻和愛子，晚年也有些後悔之意。他死後，孫子耶律仲禧即位，不久便為祖母和父親恢復了名譽，平反了冤獄，並且將蕭觀音與耶律洪基合葬在慶陵，追謚蕭觀音為宣懿皇后。

背井離鄉的漢族文士故事

在遼代文壇上，有一些漢族文士。從唐代末年開始，一直到五代十國時期，中原地區因政權更迭頻繁，社會很不安定，經常發生戰亂，人民生活很是艱難，這時的文人，有些就流入較為安定的東北地區，轉入遼國。同時遼軍南下，也裹挾擄掠來一些文人。這些人以燕薊地區為多。他們文化水平較高，或者懷有一技之長，有些人甚至有治國治民的經驗，所以普遍受到契丹統治者的重視，得以充分發揮才幹，多有建樹，對遼朝社會的發展，對東北地區的開發，做出了很大貢獻。他們之中有些人雖已身居顯要，但也不可能沒有喜怒哀樂之情，不可能沒有去國懷鄉之思，不可能沒有唱和應酬之事，他們觸景生情，吟詩作賦，成為遼代文學中一個重要組成部分。

較早來到北國的一位著名文人是韓延徽（八八二—九五九年），字藏明，幽州安次人，早年在燕帥劉仁恭父子手下當官，曾任出都府文學、平州錄事參軍、幽州觀察度支使。後來，韓延徽出使遼國，因為不屈服，觸怒了遼太祖耶律阿保機，不放他回去。皇后蕭平勸阿保機說：「韓延徽能持節不屈，是個賢人，怎麼能困辱他呢？」阿保機召來韓延徽，與他談話，很是投合，馬上命他參謀軍事。在對黨項、室韋等部落的戰爭中，韓延徽獻了許多計謀，並且建議建築城郭，劃分市里，讓到遼國的漢族人居住。又給這些漢人定配偶，教他們耕種田地，有安定的生活條件。韓延徽長時間在遼國生活，不禁懷念故鄉，在寫了一首表現思鄉心情的詩後，便逃歸後唐。在後唐和別人發生矛盾，於是回到家鄉探望母親，藏匿在老朋友家。老朋友問他還想到哪裡去，他說還要回遼國去，朋友不以為然。韓延徽說：「遼國皇帝失去我，好像失去左右手，見我回去必定高興。」果然如他所料，遼太祖耶律阿保機在韓延徽逃走時，夢見白鶴從帳中飛出，後來又飛回，阿保機對身邊的侍臣說：「韓延徽又回來了。」韓延徽回來後，阿保機問他逃走又歸來的原因，他回答說：「人不能忘親，忘親非孝；人也不能棄君，棄君非忠。我雖挺身逃歸探親，但我的心還在陛下這裡，因此又歸來了。」阿保機聽了這番話大喜，不但沒有責罰，反而升他官為守政事令、崇文館大學士，國家大事都令他參與決定。同時，賜韓延徽名為「匣列」，「匣列」，契丹話就是「復來」的意思。有的學者認為韓延徽逃歸探親的故事，就是京劇《四郎探母》的原型。

後來也想逃走的李浣的命運就差多了。李浣（？—九六二年），字日新，是唐朝皇帝的後代。他幼年時就聰敏異常，才學超群，以初唐四傑王、楊、盧、駱為榜樣學習寫作文章，寫作時，筆不停輟，詞采遒麗，文華俊秀，在當時知名度很高。他中進士在和凝榜下，後來同和凝一起任翰林學士。和凝拜相後，李浣任承旨。一天，恰巧趕上李浣批詔，第二天他在玉堂打開和凝舊閣，把和凝的圖書和器玩席捲而去，並留詩一首說：

座主登庸歸鳳閣，門生批詔立鰲頭。
玉堂舊閣多珍玩，可作西齋潤筆否？

可見他是位不拘小節、玩世不恭的文人。遼太宗耶律德光滅後晉，李浣與許多官員、文士都被俘往遼國，他先仍然任翰林學士，後任工部侍郎。這時，李浣的哥哥李濤在南朝，暗中派人來找李浣，讓他回去。李浣就假託到南京（現在的北京）求醫，換了衣著，乘夜深時逃走。到了涿州，被巡邏的遼兵查獲，送回下獄。李浣乘獄吏睡熟，用衣帶自縊，未死，在押赴上京途中，又自投潢河（現在名西拉木倫河）中，卻被鐵索牽掣，也未死了。到了上京，遼穆宗想殺掉他，樞密使高勳說：「李澣原本不是負恩，因家有八十老母，急於回去探親犯了法。他文學才能很高，當今少有倫比，若留下他寫作文書，可以為國增光。」過了幾年，適值建太宗功德碑，高勳又上疏說：「太宗功德碑文除李澣無人能寫。」這才把他放出來，寫好碑文，遼穆宗很高興，不久任禮部尚書、宣政殿學士。著作有《應歷小集》、《丁年集》。

韓延徽和李澣在遼國的詩文沒有流傳下來，流傳到現在的有趙延壽的一首詩作。趙延壽隨同他養父趙德鈞一起投降遼國，很受寵幸，官至大丞相，封魏王。他雖然是將家之子，自幼年起學習兵法武略，但在行軍作戰的餘暇時間，也很愛寫作詩文。他在遼國寫的〈佚題詩〉說：

黃沙風捲半空拋，雲重陰山雪滿郊。
探水人回移帳就，射雕箭落著弓抄。
鳥逢霜果飢還啄，馬渡冰河渴自跑。
占得高原肥草地，夜深生火折林梢。

這首詩寫北國景色、習俗和軍旅生活，頗具樸拙生動的特色。活躍在遼代文壇上的其他漢族文士，如楊佶、馬堯俊、劉經、虞仲文、王樞、左企虧、馬賢亮等，也大都有詩作流傳，像虞仲文作於四歲（一說七歲）的〈雪花〉詩：「瓊英與玉蕊，紛紛落前池。問著花來處，東君也不知。」便是一首脫口而出的小詩，稱為天籟當之無愧。

身處關外、鄉思不改的詩人張斛

金朝詩史發軔的初期，詩壇上活躍的漢族詩人多是由宋入金的所謂「借才異代」者。這些詩人由宋入金的情形大致說來又有兩類：一類是因種種原因不得不羈留北地，一類則對金朝這個新興王朝表現出較為主動的認可姿態。前一類詩人中以宇文虛中、吳激、高士談等為代表；後一類北歸詩人為數也不少，張斛就是其中經歷和心態都很特殊的一位。

說張斛經歷特殊，是因為在他由宋「北歸」金朝之前，另有一段由遼入宋的「南遊」經歷。張斛本來就是北方人。張斛字德容，漁陽（今天津薊縣）人。在北宋末年天下大亂、干戈紛起之際由遼入宋，在北宋為官多年，足跡甚至到過四川，而且一直做到武陵——也就是今天的湖南常德的太守。這是張斛的「南遊」。他的南遷當屬不得已而為之的，因此客居江南時，也就愈加懷念薊北故園了。

一天雨後，這位羈旅宦遊的常德太守，拄著拐杖，來到沙堤邊，極目蒼天，正巧飛過的一列北歸之雁觸動了他無限鄉關之思：「晚雨漲平堤，沙邊獨杖藜。長風催雁北，眾水避潮西。楚客相逢少，吳天入望低。故園無路到，春草自萋萋。」（〈沙邊〉）春去秋來，令詩人魂牽夢繞的鄉思不但沒有些許的減弱，反而更加濃烈了。

張斛的家鄉漁陽有峒陽山，此山亦成鄉愁的負載，「故詩中多及之」（元好問《中州集》）：「高秋客未還，何處望鄉關？喬木蒼煙外，孤亭落照間。雨晴山覺近，潮滿水如閒。目斷峒陽路，歸雲不可攀。」（〈盧臺峭帆亭〉）應當說張斛的鄉關之思，其內在情愫已不僅僅是葉落難以歸根的悵惘，令其如此刻骨銘心的鄉關之思中更飽含他南遊以來的人生憂患。因此，詩人毫不猶豫地「北歸」了：

無數飛花委路塵，不堪重醉楚城春。
明朝回首江南岸，煙陰昏昏不見人。

這首〈將渡江〉作於北歸之際。「飛花委路塵」，無論有無比興，這個意象無疑都契合著詩人此時身遭戰亂、「不堪重醉」的特定心態，而客居已久的江南也實在沒有什麼地方值得他留戀了。

張斛北歸以後，再到遼時的南京（今北京），遇見了老友、也是前輩的馬朝美。兩位白髮老人執手相對，回憶起二十年前的那次聚首，真是感慨萬千：「浮雲久與故山違，茅棟雖存尚可依。行路相逢初似夢，舊遊重到復疑非。滄江萬里悲南渡，白髮幾人能北歸？二十年前河上月，樽前還共惜清輝。」（〈南京遇馬丈朝美〉）

詩人備嘗辛苦，歷盡劫波，但畢竟回到了久別的家鄉！他還是按捺不住此時心中的欣喜：「雲林無俗姿，相對可終老。如何塵中人，不見青山好。」（〈還家〉）他也急著尋訪故交：「風雨無時浪蹴天，南浮舟楫信多艱。半生夢破寒江月，萬里春回故國山。歸客自傷青鬢改，高僧長共白雲閒。誅茅借我溪西地，未厭相從水石間。」（〈訪香林老〉）這位故人是個得道的高僧。詩人雖然自傷「青鬢改」，但心境與南遷之「滄江萬里悲南渡」已是截然不同，北歸之後自然生起的是這種「萬里春回故國山」的欣喜之情，詩人在相知故交的陪伴下，遊歷、忘情於故鄉的山水之間。

張斛是一位苦吟的詩人。傳說他作詩也像北宋詩人陳師道那樣，需要「吟榻」，即以被蒙頭，躺在床上打腹稿，詩成之前不容別人打擾——只是還沒到陳師道連妻兒、雞犬都要統統趕走的程度。張斛詩藝精純，律、絕並擅，五律、七律寫景狀物尤有唐人風調，在眾聲喧嘩的金初詩壇獨樹一幟。當時主文柄的宇文虛中對張斛詩也甚為欣賞。其名篇佳句多被傳誦時人之口，如前所舉的「滄江萬里悲南渡，白髮幾人能北歸」、「半生夢破寒江月，萬里春回故國山。」又如：「月色四時好，人心此夜偏」（〈中秋〉）、「雨晴山覺近，潮滿水如閒」（〈盧臺峭帆亭〉）、「春木有秀色，野雲天俗姿。」（〈松門峽〉）、「石峻留聲急，月高松影圓」（〈高寺〉）、「雲開千里月，風動一天星」（〈巫山對月〉）、「綠漲他山雨，青浮近市煙」（〈寓中江縣樓〉）、「晴光搖碧海，遠色帶滄州」（〈賦禮部侍郎張浩然遼海亭〉）、「雨聲喧暮島，水色藉秋空」（〈賦臨漪亭〉）、「碣石晚風催雁急，昭祁寒漲與雲平」（〈秋興樓〉）。

張斛的生活經歷和創作道路有著如此緊密的內在聯繫，詩人索性就把自己的詩集命名為《南遊》和《北歸》。只是可惜我們今天已見不到了。元好問《中州集》輯錄其詩十八首。張斛現存詩雖然不算多，但南遊、北歸的行跡還是依稀可辨的。

張斛北歸金朝後被授予祕書省著作郎的職位，這是一個文臣清貴之選的官職。本來詩人北歸意即不在仕途，詩人也自以詩名家。

不愛做官喜作詩的蔡珪

到金世宗完顏雍大定年間（一一六一——一一八九年）中期，金建國已經半個多世紀，以由宋入金之文人為主體的文壇格局，發生了根本的變化。老一代的文學家不斷謝世，新人不斷湧現。由金國自己培養的第一代文學新人開始走上文壇，矯首高歌，成為這一時期文壇的生力軍，而其中的盟主則是蔡珪。金後期文壇領袖趙秉文在黨懷英〈神道碑〉中說，大定文章，首推無可蔡公。元好問說：「國初文士，如宇文太學、蔡丞相、吳深州之等，不可不謂之豪傑之士。然皆宋儒，難以國朝文派論之。故斷自正甫為正傳之宗，黨竹溪次之，禮部閑閑公又次之。自蕭戶部真卿倡此論，天下迄今無異議云。」（《中州集》卷一）據此，可知蔡珪是金朝本國培養的第一代文壇領袖，在金朝文學發展史上有極其重要的地位。

蔡珪（一一二九—一一七四年），字正甫，號無可。祖籍余杭。其祖父蔡靖在北宋宣和五年（一一二三年）出任燕山府（今北京市）知府。宣和七年被部下守將郭藥師脅迫降金，其父蔡松年也隨之入金。從時間上可以推斷，蔡珪是在其父蔡松年降金以後出生的，可謂是地地道道的金國生人。他自幼聰敏好學，傳說他「七歲賦菊詩，語意驚人，日授數千言」，為時人所重。金海陵王天德三年（一一五一年），進士及第，時年二十三歲。但他並未赴吏部參加銓選，而是繼續學習，訪求未見之書苦讀。其辨博考古之學，為天下第一。歷任澄州軍事判官、三河簿。他精於古代典章制度，長於文字考證，著述很多。

正隆三年（一一五八年），朝廷禁止私人收藏銅器，收繳民間三代以來鐘鼎彝器千餘件。禮部主管官員因蔡珪精於辨別文物，又識古文奇字，聘請他為編類官。大定九年（一一六九年），詔遷中都（今北京市）城內的兩座燕王墓於城外。時人都傳說是戰國燕王及太子丹的墓葬，待開棺後，才知是西漢初期所封的兩個燕王之墓。蔡珪對之考證最為詳賅，顯示出極高的考古學的功底。他歷任翰林修撰、同知制誥、戶部員外郎、太常丞等職。大定十四年，由禮部郎中出任濰州太守，死在途中。

從蔡珪現存的詩來看，藝術技巧比較圓熟，功力較深，但內容不夠豐富，反映社會生活的面不夠寬廣。其主要內容是表現對仕宦羈旅生活的厭倦、對隱居生活的嚮往以及對自然風光的讚美。他有一首〈雪谷早行圖〉詩道：「冰風刮面雪埋屋，客子晨徵有底忙。我欲題詩還自笑，東華待漏滿靴霜。」看到雪谷早行的圖畫，詩人便想到自己起早在待漏院等待上早朝時的艱辛情景，字裡行間流露出對官場生活的厭倦情緒。在〈和曹景蕭暮春即事〉詩中寫道：

甕頭春色開重酎，門外春風改夾衣。
灼灼向來花又笑，翩翩幾處燕于飛。
山陰未辨義之集，沂上聊從點也歸。
節物驚心遽如許，卻因觀化識天機。

雖是和詩，但表現的也是作者自己的主體心境。前四句描寫暮春時節的物候特點和優美的自然景色。五、六兩句用王羲之〈蘭亭集序〉和《論語・先進》中孔子「吾與點也」的讚嘆，委婉地抒發了對無拘無束生活的嚮往之情，也含有淡淡的對仕宦羈旅生活的厭倦情緒。

詩人曾經遊覽過今遼寧境內的醫巫閭山，寫了一首七古和兩首七絕，表現其對醫巫閭山的喜愛和讚美之情。今並錄下以共賞之：

醫巫閭

幽州北鎮高且雄，倚天萬仞蟠天東。
祖龍力驅不肯去，至今鞭血餘殷紅。
崩崖暗谷森雲樹，蕭寺門橫入山路。
誰道營丘筆有神，只得峰巒兩三處。
我方萬里來天涯，坡陁繚繞昏風沙。
直教眼界增明秀，好在嵐光日夕佳。
封龍山邊生處樂，此山之間也不惡。
他年南北兩生涯，不妨世有揚州鶴。

閭山

西風絕境撫孤松，千里川原四望通。
但怪林梢看鳥背，不知身到碧雲中。

十三山下村落

閭山盡處十三山，溪曲人家畫幅間。

何日秋風半篙水，小舟容我一蓑閒。

七言古風描繪醫巫閭山的雄偉氣勢，其間融進了有關其形成的神話傳說，具有浪漫主義色彩；後半首寫登臨時的主體感受。兩首七絕描寫登山時所見到的美妙景色和無比喜悅的心情。語言清新，意境優美。

蔡珪也能填詞，《中州樂府》中收〈江城子〉一詞，詞牌下有小注曰：「王溫季自北都歸，過予三河，坐中賦此。」全詞是：

鵲聲迎客到庭除，問誰歟？故人車。千里歸來，塵色半征裾。珍重主人留客意，奴白飯，馬青芻。東城入眼杏千株。雪模糊，俯平湖。與子花間，隨分倒金壺。歸報東垣詩社友，曾念我，醉狂無？

以歡快的筆調描寫了迎客、待客、與客人盡興飲酒的歡樂場面與喜悅心情。意到筆隨，毫無滯礙，表現出很高的駕馭語言的能力與技巧。

以上詩詞可見蔡珪作品之概貌，作為金朝文學的「正傳之宗」，是當之無愧的。

夢中喜得「方寸白筆」的馬定國

中國文學史上，有許多非常風趣耐人尋味的故事。南北朝時的著名文士江淹，本來是個才華橫溢的大手筆，可就因為一天晚上做了個奇怪的夢，夢見西晉文士郭璞向他討要一支五色筆，說是當初借給江淹的，如今要收回去。江淹就從衣袖中拿出一支五色筆，還給了郭璞，待醒來方知是南柯一夢。可不知什麼原因，江淹以後就感到才思枯竭，再也寫不出辭采絢麗的華章，留下「江郎才盡」這個典故。當然，江郎才盡的真正原因，不可能是因為郭璞把五色筆收回去的緣故，其中原因當是多方面的。

江淹的命運不太好，偏偏做了一個那樣的夢。北宋末年的馬定國也曾做過一個與筆有關的夢，但結果卻恰恰相反，使文才大增，文章精進。可見夢之於人，也有不公平之處。

原來，馬定國非常勤奮，愛好文學，尤其是喜歡詩詞創作，可就是缺乏才思，怎麼也不入門，搜索枯腸也寫不出好句子來。一天，他也做了一個夢，夢見他的父親給他一支「方寸白筆」，醒後一下子來了靈感，從此便才思敏捷，文章進步神速。看來還得是父親對兒子全心全意，捨得把自己的方寸白筆無私地交給兒子，而他人不行，中途還要把「五色筆」收回去。「方寸白筆」可能是指適合於書寫方寸大小之字的白毫的毛筆，總之是一支好筆。當然，馬定國的文采也決不會是一個夢做出來的，是他長期努力積累的結果。夢見其父親給筆，當是心中時刻牢記其父親之教誨，一心要為父祖爭光的心理積澱所致。

馬定國生卒年不詳，大體生活在兩宋之交。字子卿，茌平（今屬山東）人。少年時志節不凡，宋徽宗政和、宣和時期，正是蔡京、童貫掌權，他酒後題飯店之壁道：「蘇黃不作文章伯，童蔡翻為社稷臣。三十年來無定論，到頭奸黨是何人？」因直斥奸黨而獲罪，同時也獲取很高的社會名聲。足見其是位不拘小節，風流倜儻之人。偽齊劉豫阜昌（一一三〇—一一三七年）初，馬定國遊歷到歷下（今山東歷城），又作詩表現對劉豫政权的不滿，詩題為〈登歷下亭有感〉：

男子當為四海遊，又攜書劍客東州。
煙橫北渚芰荷晚，木落南山鴻雁秋。
富國桑麻連魯甸，用兵形勢接營丘。
傷哉不見桓公業，千古繞城空水流。

劉豫見後大驚，馬上召見他，一晤傾心，起用為監察御史，累官至翰林學士。當時有一出土石鼓，究竟是何年之物，自唐代以來始終沒有定論。馬定國以石鼓上的文字及筆畫詳加考證，認定是宇文周時所造。因其出入傳記，引經據典甚明，寫辯證文章一萬餘字，為學術界所公認。當時學者將他的這項科研成果和蔡珪的〈燕王墓辨〉相提並論，可見推崇的程度。

馬定國的詩內容比較充實，有一部分反映國破家亡的悲憤，是靖康之恥後不久所作。在田舍借宿的時候，與朋友談論的也是這個話題。〈宿田舍〉一詩寫道：

狂風作帚掃春陰，投宿田廬話古今。
尊俎只如平日事，干戈方識故人心。
淒涼一樹梅花發，迤邐千門柳樹深。
天子蒙塵終不返，酒酣相對淚沾襟。

徽欽二帝被金兵擄走，不得返歸，這在中國歷史上也是少有的奇恥大辱。所以，詩人和田舍翁邊飲酒邊談起此事的時候，不由得都流下了熱淚。可見當時的人民百姓都是十分關心國家命運的，只是因為朝廷腐敗不堪，才會造成國土淪陷的千古遺恨。也正因為中原動盪，才使作者長期在外奔波，故表現羈旅行役之苦和思念故鄉也成為其詩歌中的主要題材。〈清平道中〉寫道：「棘林苦荳野花黃，一馬侵侵渡累陽。別墅酒旗依古柳，點溪花片落新香。伏波事業空歸漢，都護田園不記唐。今日清明過寒食，又將書劍客他鄉。」清明時節，一個人騎著馬在外奔波，而想要像東漢的伏波將軍馬援那樣幹一番功業又不可能，怎不令人苦悶彷徨？〈四月十日遇周永昌〉二首其二寫道：

幼時種木已巢鳶，猶向花前作酒顛。
郭外青山招曉出，圃中明月照春眠。
世無蘇黃六七子，天斷文章三十年。
今日逢君如舊識，醉持杯杓望青天。

前四句回憶少年時故鄉生活的歡樂悠閒，五、六句寫文壇寂寞、文風衰敗的現實。最後兩句表現他鄉遇故知的喜悅和對故鄉的思念之情，感情真摯深沉。他還有一首〈懷高圖南〉的詩道：「劉叉一狂士，尚得韓愈知。君才百劉叉，知者果是誰？三隨計吏貢，躡足遊京師。文章善變化，不以一律持。碧海涵萬類，青天行四時。去年高唐別，河柳搖風枝。今年清明飲，高花見辛夷。茲來又幾日，軍檄忽四馳。尺書無處寄，相見果何期。白日鬥龍蛇，黃塵笳鼓悲。春風獨無憂，吹花發江湄。一杯送歸燕，萬里寄相思。」對高圖南的才能給予很高的評價，對其懷才不遇的處境寄以深深的同情。詩人還有一首詩〈送圖南〉：「壺觴送客柳亭東，回首三齊落照中。老去厭陪新客醉，興來多與古人同。戍樓藤角垂新綠，山店檉花落細紅。他日詩名滿江海，薺堂相見兩衰翁。」抒寫彼此高尚的志趣和過人的才氣。

馬定國還創作了一些田園詩，清新自然，頗有意境，以自然風光的和諧優美來反襯世俗生活的汙濁。

馬定國生活在動盪不安的時代，雖有大志，但並沒有成就什麼功業。他的父親在夢中把「方寸白筆」給了他，或許激發了他在文學方面的不懈追求和大膽探索吧！

「操筆文章學古風」的祝簡

金國是由文化比較落後的女真貴族建立的國家。完顏阿骨打在創建政權的時候，主要靠強大的軍事力量。但當政權建立起來之後，則必須建立一定的典章制度，要用文化來維繫人心。於是，有頭腦的幾位領袖人物便採取「借才異代」的手段，不惜任何代價，採用各種手段從遼和宋大量引進人才，尤其是從宋引進的人才更多。金建國初年的第一代學者和文學家基本上是由這批人組成的。祝簡即屬於其中的一員。

祝簡，生卒年不詳，字廉夫，單父（今屬山東）人，北宋末年登科。金國初年曾任某州佐吏。累官至朝奉郎太常丞。曾著《鳴鳴集》，金末尚流行於世，今佚。祝簡對杜甫的詩有一定研究，關於宋金時流行的一個杜詩注本的作者問題在他的詩說中曾提出與眾不同的看法，其說後來被元好問所證實。

他對北宋末年流行的江西詩派的詩風很不滿意，在〈和常祖命〉二首其二中說：「操筆文章學古風，生平羞與腐儒同。相如雖有凌雲賦，不及東方射守宮。」對形式主義的空洞無物的詩風和脫離社會實際的迂腐學問表示強烈的不滿。他的詩歌內容確實比較充實，在表現生活感受和描寫自然景色方面頗有獨到之處。如〈舟次丹陽〉一詩：

船頭東下趁晨鐘，船外清霜氣暗通。
斷雁聲歸煙靄裡，孤帆影落月明中。
隋河波浪千年急，梁苑池臺一旦空。
試問碧堤無限柳，敗條衰葉幾秋風。

前四句敘事寫景，簡明扼要，節令氣候時間均交代出來，為後面的抒情做好了鋪墊。五、六句借景物詠史，暗示出隋朝和北宋都因荒淫腐敗而滅亡。尾聯以景收，意蘊悠長，有無限傷感寄寓其間，當作於靖康之後。

在表現生活感受方面，他往往藉助對自然景色的精確描繪委婉地傳達自己寄居異地的縷縷情思。如：

雜詩（二首）

雨後清寒滿袖風，雁聲南去暮雲濃。
秋來杞菊能多少，欲助盤飧自不供。

榴花嬌欲鬥羅裙，石竹開成碎纈文。
更有戎葵亦堪愛，日烘紅臉酒初醺。

虛極齋獨坐

虛齋長鋏短燈檠，明月當窗夜氣清。
卻掩塵編時閉目，胡床獨坐聽秋聲。

〈雜詩〉其一寫黃昏時秋雨乍停後的淒清景色，聲情並茂。雨後清寒，霜風淒緊，嘹唳的雁叫聲被雨後濃重的暮雲所遮掩，只聞其聲未見其形，更增神韻，詩人的淡淡愁思也融進這寥廓淒清的景色之中。〈虛極齋獨坐〉表現夜不成寐的孤獨與寂寞的情懷。他是在閱讀書籍嗎?恐怕不是,「塵編」表明是久不翻閱之書,還要掩上,可見他無心讀書。故本詩所表達的是百無聊賴,十分落寞的情懷。他的風景詩也極清新可愛,頗有真情實感,能帶給人一種藝術享受,如:

春日

鶯語相喧浩蕩春,落花細點禁街塵。
游絲飛絮狂隨馬,遲日和風欲醉人。

夏雨

電掣雷鳴雨覆盆,晚來枕簟頗宜人。
小溝一夜水三尺,便有蛙聲喧四鄰。

兩首小詩所寫雖是人們生活中常見的自然景色,卻能給人一種新鮮的感受。從作者愉悅悠閒的心情來看,似為靖康之變以前的作品。「小溝」兩句設想雨後蛙聲四起的景象,與後來陸游的「小樓一夜聽春雨，明朝深巷賣杏花」（〈臨安春雨初霽〉）有異曲同工之妙。陸游或許正是受本詩之啟發。

祝簡的〈相國寺鐘〉則有一定的寓意，詩道：「寒雞縮頸未鳴晨，已聽春容入夢頻。未必佛徒知警悟，只能喚起利名人。」雞還沒叫，寺廟裡的鐘聲就響了，悠揚的鐘聲打破了作者的夢境，他想道：這鐘聲恐怕未必能喚醒那些吃齋念佛的僧人，只能喚起追求功名利祿的讀書人而已，委婉地表現出對求取功名艱辛的厭倦情緒，有一定的哲理韻味。此詩當是作者年輕時到北宋京師汴梁投考時聽到大相國寺鐘聲時的即興之作。

劉汲：不愛名利愛山水

在金代初葉的詩壇上，有一位獨樹一幟、備受稱道的詩人。屏山先生稱讚他的詩道：「質而不野，清而不寒，簡而有理，澹而有味。蓋學樂天而酷似之。觀其為人，必傲世而自重者。頗喜浮屠，邃於性理之說，凡一篇一詠，必有深意。能道退居之樂。皆詩人之自得，不為後世論議所奪，真豪傑之士也。」這個人就是劉汲。

劉汲字伯深，金海陵王天德三年（一一五一年）進士。釋褐為慶州（故治在今甘肅慶陽）軍事判官，入為翰林供奉，自號為西岩老人，有《西巖集》傳於家。屏山先生在為此集所作的序中，對當時彌漫於詩壇的形式主義詩風進行了批駁，對他的詩推崇備至，說了上面的那些話，認為他的詩酷似白居易，是個豪傑之士。當我們仔細閱讀分析劉汲傳世的作品時，就會知道這種評價並非溢美之詞。

他有兩首〈題西岩〉的詩，是描寫西岩環境之清幽和表現隱居生活情趣的：

人愛名與利，我愛水與山。
人樂紛而競，我樂靜而閒。
所以西岩地，千古無人看。
雖看亦不愛，雖賞亦不歡。
欣然會予心，卜築於其間。
有石極峭兀，有泉極清寒，
流觴與祓禊，終日堪盤桓。
此樂為我設，信哉居之安。

卜築西岩最可人，青山為屋水為鄰。
身將隱矣文何用，人不知之味更真。
自古交遊少同志，到頭聲利不關身。
清泉便當如澠酒，澆盡胸中累劫塵。

從詩中可知，西岩是個被世俗所冷落「千古無人看」的偏僻地方，但作者卻恰恰喜歡這裡的淒清冷峭，所以卜居其間，以此為樂，並以這種生活態度來表示對世俗生活中「名與利」、「紛而競」現象的鄙視和不滿。其實，作者並非是對社會現實毫不關心消極避世的人，而是由於當時社會政治的黑暗和動盪不安，人與人之間的競爭處在一個不平等、不公平的境況中，這才使他對現實失去信心，而要在自然環境和宗教中去尋找靈魂的避難所。這是封建專制制度下許多文人士大夫所走的生活道路，具有共性。

為加深對劉汲詩作思想意義的理解，我們有必要了解一下他所生活的社會政治背景。在他考中進士的前二年，也就是天德元年（一一四九年），金海陵王完顏亮謀殺了原來的皇帝金熙宗完顏亶。其後，完顏亮為打擊政敵，大肆殺戮異己，進行十分殘酷的恐怖統治。當時的政治情況也就可想而知。在這樣的政治背景下，一切善於察言觀色的奸佞小人，政治投機分子都會青雲直上，而忠正耿直之士則往往會遭受壓抑，鬱悶難伸。劉汲的〈不如意〉一詩就是表達這種心情的：

朝亦不如意，暮亦不如意。
今日只如此，來日復何異。

一歡強慾謀，百憂已先至。
乃知塵網苦，動輒心萬計。
高軒與華冕，儻來亦如寄。
規規必欲求，愈勞終不遂。
善哉榮啟期，自寬以遣累。

全詩表現在現實生活中太累的感覺，總是處在不得意之中。篇末兩句用典，以自我寬慰來排遣心情的過分勞累，實在是一種無可奈何的辦法。榮啟期是春秋時期的一個高人。孔子遊泰山，遇見榮啟期。他穿著鹿皮衣服，繫條繩索，鼓琴而歌，十分快樂。孔子問道：「先生為什麼如此快樂？」答曰：「吾樂最多，天生萬物，人為貴。吾得為人，一樂也；男女之別，男尊女卑，吾得為男，二樂也；人生有不見日月不免襁褓者，吾行年九十矣，三樂也。貧者士之常，死者士之終，居常以待終。何不樂也？」安貧樂道，一直是中國古代文人所津津樂道的好品質，這正足以表現古代文人的可憐心態，是自我解脫，帶有自欺欺人性質的一種辦法。

由於社會政治的黑暗和不公平，故園和家鄉便成為詩人精神生活的避風港灣，他在外地做官時，便經常思念家園。〈家童報西岩栽植滋茂，喜而成詠〉一詩道：「孤雲出岫本無心，何用微名掛士林。近日故園消息好，西岩花木已成陰。」在官任上一聽到家園中自己所親手栽植的花木長勢良好，便喜不自勝，可見其對家園的依戀情懷。〈到家〉一詩抒發久別返鄉到家時的喜悅：「三載塵勞慮，翻然盡一除。園林未搖落，庭菊正扶疏。繞屋看新樹，開箱揀舊書。依然故山色，瀟灑入吾廬。」在外地當了三年官，初秋季節回到家鄉，繞著房屋看新生長的樹木，翻箱查找舊的書籍，在這些日常生活細節中表現出極其輕鬆歡樂的情懷。

劉汲的風景詩寫得也不錯，如〈高陽道中〉：「杏花開過野桃紅，榆柳中間一徑通。禽鳥不呼村塢靜，滿川煙雨淡濛濛。」色彩鮮明，意境清新。〈慶州回過盤嶺宿義園〉寫旅途中的感受：「隨馬雨不急，催人日欲晡。山從林杪出，路到水邊無。拘縛嗟微官，崎嶇走畏途。村家應最樂，雞酒夜相呼。」全詩有一種時間的流動感，「山從」兩句狀難寫之景如在目前，非有親身體驗和善於觀察者無法寫出。

但劉汲的詩題材太窄，內容不夠豐富，只是在表現隱逸思想和語言淺顯通俗等方面與白居易的詩風有相近之處，如果從總的方面來看，和白居易還是不可同日而語的。

崇尚自然的「虛州居士」：郝俁

在金代正隆大定年間，詩壇上有一位號「虛州居士」的詩人，不但他本人有相當的詩名，他的兩個兒子也都是名噪一方的詩人。這個人就是郝俁。

郝俁字子玉，太原（今屬山西）人。正隆二年（一一五七年）進士，仕至河東北路（地界大體相當於今山西省，治今太原北陽曲）轉運使。自號為虛州居士，有詩集流行於當世。子郝居簡，字仲寬，舉進士不第，但在太原平陽一帶很有詩名，可惜未見有作品傳世。另一個兒子名郝居中，字仲純，任樞密院令使，曾經出任過坊州（今陝西中部縣治）刺史，正大末年曾在鳳翔做過官。正大最後一年為一二三一年，可知郝居中生活到金代末期。

郝俁的詩主要可概括為三類：一是抒寫生活感受，表現對現實政治的不滿；二是描寫自然風光，表現對祖國大好河山的喜愛之情；三是應酬贈答之作，思想感受比較複雜。〈郝吉甫蝸室〉屬第一類，以自嘲的方式來表現自己的生活態度：

草草生涯付短椽，身隨到處即安然。
功名角上無多地，風月壺中自一天。
世路久諳甘縮首，麴車才值便流涎。
一生笑我林鳩拙，辛苦營巢二十年。

字裡行間流露出隨緣自適的生活態度，我們似乎可以感覺到那張無可奈何的苦笑的臉。辛辛苦苦二十年，才勉強營造一個蝸牛大的短椽的房間。正直的知識分子必然清苦，這便是封建專制制度的弊端。中間兩聯是故作曠達之語，實際是內心極為痛苦的自我解嘲。

〈聽雪軒〉詩表達清靜閒適生活的快樂，有很深的哲理韻味：

扶疏窗外竹，歲暮亦可愛。
蕭散軒中人，高節凜相對。

清寒入夢境，風雨號萬籟。
覺來聞雪落，淅瀝珠璣碎。
飢腸出佳句，亹亹入三昧。
華堂沸絲竹，此樂付兒輩。

在屋中聽到雪落竹叢的細碎輕微的聲音，襯托出夜的靜謐。而這樣的聲音都能清楚地聽到，說明作者的心靜如水。這種神韻，給人一種落寞感。但詩人對此有獨特的理解，認為這種來自天籟的聲音，比華屋中的音樂聲還沁人心脾。這種欣賞自然、崇尚自然的態度有道家思想的因素。〈魏處士野故莊〉一詩是用詠史為題材抒發自己對人生意義的理解。詩道：

郊原冷落霜風後，桑梓蕭條兵火餘。
試問當世卿與相，幾家猶有舊田廬。

魏野字仲先，是北宋中葉的一個著名隱士。好詩詞吟詠，不求聞達，在陝州（今河南陝縣）東郊自築草堂，彈琴賦詩於其中，自號為「草堂居士」，著有《草堂集》，後來流傳到遼國。遼國大使來朝，說他們國家得到了《草堂集》上編，請求看到全集並校對刊行。這才引起朝廷的重視，要起用其為官，魏野堅決推辭，隱居而終。但朝廷也明確指示當地地方官員要按照季節給予一定的經濟補助。魏野的情況在中國古代有典型性，也就是我們今天所說的「牆內開花牆外紅」。如果沒有遼國大使的要求，魏野根本不會引起朝廷的重視，就更不要說什麼當官照顧了。本詩以此人的故居為題材，表示對功名富貴的鄙視，對清靜隱居生活的肯定。幾經戰火，那些富貴卿相的豪華宅第都化為灰燼，而魏野的故莊依舊。到底哪種人生更有意義呢？這一現象是富有啟發性的。

郝俁描寫自然風景的詩比較精彩，今舉二首以見一斑。〈上巳前後數日皆大雪，新晴遊臨漪亭上〉描寫暮春之雪景：

十日陰風料峭寒，試從花柳問平安。
野庭寂曆春將晚，山徑縈紆雪未干。
足踏東流方縱酒，手遮西日悔投竿。
淵明正草歸來賦，莫作山中令尹看。

「野庭」兩句寫暮春雪化而未淨的情景頗有特點，生動形象。〈寺樓晴望〉則是表現陣雨初晴時之景的。頷聯道：「雨侵斜日明邊過，雲望山前缺處歸。」寫出了帶著太陽下雨時的特殊景象，雨朝著天邊斜射的日光處而去，帶雨的雲向著山窪處飄飛，有一種流動感。郝俁的詩也很注意練字，「草樹醒朝雨，烏鳶快晚晴」（〈題溫容村寺壁〉），在倒裝的前提下，「醒」、「快」二字用得很新巧。這兩句的意思是說：朝雨淋濕了草樹，草樹馬上顯得精神起來，彷彿從昏睡中醒來。而在晚晴的天空，烏鴉和鷂鷹飛得也特別快。這樣的詩句確實給人以新鮮感，表現出作者遣詞造句的深厚功力。

〈應製狀元紅〉則是應制所作的詠物詩，雖沒有什麼思想意義，但緊扣題目，藝術技巧還是很嫻熟的。「仙苑奇葩別曉叢，緋衣香拂御爐風。巧移傾國無雙艷，應費司花第一功。天上異恩深雨露，世間凡卉謾鉛紅。情知不逐春歸去，常在君王顧盼中。」

郝俁之子郝居中也留下一首詩，錄下供觀賞。〈題五丈原武侯廟〉：「籌筆無功事可哀，長星飛墮蜀山摧。三分豈是平生志，十倍寧論蓋世才。壞壁丹青仍白羽，斷碑文字只蒼苔。夜深老木風聲惡，尚想褒斜萬馬來。」筆勢老到，氣勢完足，是一首很有力度的詠史詩。

書法第一，畫入妙品的任詢

在金代正隆、大定時期，出現了一位詩文、書法、繪畫俱精的藝術天才，他就是任詢。

任詢字君謨，易州（今河北易縣）軍市人。父親名任貴，很有才幹，擅長書法，喜歡談論軍事。北宋末年政和、宣和年間遊歷江浙一帶，任詢出生在處州（故治在今浙江麗水縣）。正隆二年（一一五七年）進士及第，時已三十多歲。歷任省掾、大名府總幕、益都都司判官、北京鹽使、泰州節廳等。因為朝廷中沒有得力的人可以幫助，故一生困頓下僚。六十四歲時退休，在家鄉優哉遊哉，過著閒適的生活。家中收藏著名的書畫作品幾百軸，每日流連徜徉於其間，自得其樂。七十歲死，當在明昌年間。

任詢為人慷慨有氣節，書法為當時第一，畫入妙品，亦能詩文。時人評價他說：「畫高於書，書高於詩，詩高於文。」翰林修撰王庭筠則認為他是個全才。王庭筠是明昌年間的文壇領袖，也是詩、書、畫俱精的藝術全才。他的評價當不會是溢美之詞。但任詢的書法、繪畫作品我們已經很難看到，故無從論及。只能就所見到的詩作來作一簡單的介紹與評述。

據元好問說，任詢一生作詩幾千首，但到金末大部分都散失了。元好問從流傳之間保存了他的九首詩，收在《中州集》中，這是很寶貴的資料。其中有兩首七古，較值得重視。其一是：

浙江亭觀潮

海門東向滄溟闊，潮來怒捲千尋雪。
浙江亭下擊飛霆，蛟蜃爭馳奮鬐鬣。
鉅鹿之戰百萬集，呼聲響震坤軸立。
昆陽夜出雨懸河，劍戟奔沖潰尋邑。
吳儂稚時學弄潮，形色沮懦心膽豪。
青旗出沒波濤裡，一擲性命輕鴻毛。
須臾風送潮頭息，亂山稠疊傷心碧。

西興浦口又斜暉，相望會稽雲半赤。
詩家誰有坡仙筆，稱與江山作勍敵。
援毫三叫句不成，但覺雲濤滿胸臆。

從「西興浦口」二句來看，此詩當作於杭州。但從他的生平來看，似乎沒有出使到南宋首都臨安的資格，而且詩中也讀不出使臣身份的資訊。但從其他作品中也可看出他在出仕後肯定到過杭州，所寫乃是登浙江亭觀潮時所見所聞無疑。

前八句描寫海潮奔湧的非凡氣勢和赫赫聲威，由遠及近，形聲兼備。「吳儂」四句寫弄潮兒敢於迎風鬥浪的勇武精神和靈敏矯健的身影。「形色沮懦心膽豪」一句概括力很強，句中有對比，看這些弄潮兒們，一個個表情嚴肅，非常謹慎，甚至有怯懦之臉色，但他們的膽量是非常豪壯的，否則就不敢下水弄潮了。當白浪滔天，狂潮洶湧時，只見青色的旗幟在浪裡出沒，都看不清那些弄潮兒的身影。「須臾」以下則寫海潮平靜後的景象，以靜襯動。

另一首七古是〈庚辰十二月十九日雪〉，這是任詢詩中可以編年的詩。「庚辰」是正隆五年（一一六〇年），是作者考中進士後的第三年，從「西園」這一地名來推測，可能是作在當時的南京汴梁開封府（今屬河南）：

馮夷捐水翻銀璣，北風浩浩如兵威。
瓊臺玉樹壓金碧，三十六宮明月輝。
五更待月雞人唱，近衛臚傳九天上。
須臾龍馭踏飛瑤，萬戶千門寂相向。
皓齒才人宮袖窄，巧畫長眉梅半額。
含顰一笑競春妍，繡勒錦韉生羽翮。
城外雪深回馬首，別殿傳觴燈作晝。
歡聲一曲藉春謠，半夜西園滿花柳。
沾濡已見盈阡陌，況是隆冬見三白。
帝力如天人得知，今慶明年好春澤。

詩的大意是說：北風淒緊，大雪紛紛，宮廷建築都被白茫茫的雪所覆蓋，成為瓊樓玉宇。當雞人唱鳴報曉後，近衛一聲聲向深宮裡傳。不一會兒，皇帝的車駕踏著雪道出行，帶著花枝招展的美人，要到城外去踏雪遊覽。而百姓都躲在家中，緊閉門戶。可到了城外，因為雪太深而又回轉馬頭，到別殿中去飲酒歌舞，多多點上蠟燭，使這陰暗的雪天和白晝一樣。

「西園」是北宋汴梁西郊的一個著名園林，北宋許多文人在作品中都曾寫到過這個地方。這裡的西園可能就是此處。「滿花柳」比喻滿室的美人。這一時期，正是海陵王完顏亮執政的晚期。完顏亮有雄才大略，同時也酷嗜美色，身旁總是美人成群。完顏亮也喜歡雪景，從他所留下的作品中就可看出這一點。或者，任詢還當過皇帝的近侍，否則是寫不出這樣的詩篇的。

任詢還有一首〈蘇州宴〉詩，抒發其在宴席上見到兩名美麗女子時暗自喜歡留戀的心情。「蘇州女兒嫩如水，髻聳花籠青鳳尾。十二紅裝釃梳洗，植立唱歌煙霧裡。一人豐穠玉手指，袖挽翠雲彈綠綺。落花一片天上來，似欲隨人渡江水。曲終宴闋歌一觴，行人南遊道路長。明日松江千萬頃，煙波雲樹春茫茫。」從詩意來體會，當是作者南行途中在蘇州做短暫停留時所作。「行人南遊道路長」一句說明作者明天將要繼續南行，而且還有很長的道路要走。可能是要到南宋首都臨安去。能夠享受如此規模的宴席，席面上既有歌女唱歌，還有一個美女彈琴伴奏，可知作者是有一定身份的。可以推測，這是任詢入仕以後的作品。若此，他在當官後一定到過南宋。那麼，前面提到的〈浙江亭觀潮〉一詩的寫作也有了著落。

作者還有一首懷念故鄉的短詩〈憶郎山〉：「萬壑溪流合，千峰木葉黃。郎山五千丈，獨立見蒼蒼。」郎山在作者故鄉易縣的西南，小詩只寫郎山的雄偉氣勢和獨立不群的品格，表現出對故鄉的思念。此外，元好問還記錄了一些當時流傳的斷句，確實是比較精彩的詩句。如〈山居〉云：「種竹六七個，結茅三四間。稍通溪上路，不礙屋頭山。黃葉水清淺，白雲風往還。」〈戊申春晚〉云：「水邊圓月翻歌扇，風裡垂楊學舞腰。」「戊申」是金大定二十八年（一一八八年），可知這時詩人還健康在世。

趙可：文字結緣，三朝恩寵

金初從太祖開始就以文教立國，實施「文治」的同時，通過「借才異代」收羅人才。為了進一步籠絡士心，太宗朝又開始設立科舉制度，開科取士；以後經熙宗、海陵、世宗、章宗朝，不斷完善，「終金之代，科目得人為盛」（《金史・選舉志序》）。所以到了金代中葉，詩壇上活躍的詩人，大多已不是「借才異代」由遼、宋入金的文人，而是由科舉出身的北方士人了。

趙可就是這其中的一位，他一生中又三次因為「文字緣」受到海陵、世宗及章宗三朝君主的恩寵。趙可，字獻之，高平人。他第一次以文字知遇於海陵完顏亮是在少年參加科舉的時候。金代的科舉制度因襲遼、宋，有詞賦、經義、策試、律科、經童等制，也要經過鄉試、省試、御試三級。完顏亮這位金朝的第四位君主，雖然是經過弒篡得位，卻雅好文事，史傳說他「一吟一詠，冠絕當時」。

貞元二年（一一五四年）他親自主持文明殿的御試，按照規定，凡詞賦進士，試賦、詩、策、論各一道。御試中的賦的題目是〈王業艱難賦〉，趙可過關斬將，也在其中，交完考卷他在席屋上題了一首小詞：

趙可可，肚裡文章可可。三場捱了兩場過，只有這番解火。恰如合眼跳黃河，知他是過也不過。試官道王世艱難，好交你知我。

這個年輕人的此種舉動被海陵看在眼裡，他吩咐左右把趙可的這首「留言詞」抄錄過來。小詞語言雖然鄙俚，卻也都是心裡話，讀罷「王業艱難，好交你知我」，這個年輕人的直率和卓犖給海陵留下了好感，他詔諭主考官：「不管這個人中不中，都要把情況告訴我。」

金代科舉閱卷也像宋人一樣要有「糊名」、「謄錄」等一套「加密」程序，待到放榜，趙可的名字高居榜上。海陵的意思，萬一趙可不中，就賜他進士出身了。另外值得特別一提的是，趙可的這首沒有調名的「自度曲」，也可作金代文人俗詞的範例來看，因此它在金詞的發展中也自有其意義。

正隆六年（一一六一年）以「中原天子」自命的完顏亮死於南侵的戰火中，完顏雍即位，是為世宗，此後三十多年間，金宋偃武修文，北南和平相處，金代社會也由動亂走向治世。趙可在世宗朝時已被擢升為翰林修撰，負責起草文誥、詔命。趙可文筆典雅，流輩嘆服。頌揚太祖完顏阿骨打赫赫武功的〈大金得勝陀頌碑〉也出自趙可之手，由大書法家黨懷英撰寫，此碑至今猶存。

世宗繼續提倡文治，他從中央到地方府州、建立起完整的一套官學教育體系，他甚至還詔命宰臣，只要簽卷優秀、符合標準，就要錄取為進士，不要人為限制人數。

世宗也是一個雅好文事的君主，他經常與群臣們在皇宮大內賞花賦詩。在一次皇家宴會上，他對著宗室子弟慨然自歌，歷述祖先創業艱難，歌畢泣下，令群臣宗戚也為之動容。世宗在金代歷位君主中是最強調祖先和民族傳統的，在禮樂方面的宗社朝會之禮也在世宗朝開始被固定下來，定期舉行。在這種大背景下，趙可再次以文字知遇於世宗。

一天世宗親自饗祭宗廟完畢和群臣來到太宗神射碑旁，他要翰林院的文士給大家朗讀碑文。趙可應聲而出，清清嗓音，開始朗讀。歌頌太宗豐功偉績的碑文從趙可口中朗朗而出，聲音洪亮流暢，頓挫有致，聽起來好像早已成熟在胸似的。眾人屏息以聽，世宗也感到趙可有些不同凡響，其實趙可在頭一天就把碑文誦熟了。幾天後，趙可也由翰林修撰升遷為待制了。

趙可為人卓犖不羈，因此才有此「出奇制勝」之舉。他不但是文章高手，也兼擅詩詞，又精通書畫，博學多才，這才是趙可能以文字知遇君主的根本原因，也是他在翰林供職，以備皇上顧問的必備條件。

金世宗大定二十五年（一一八五年），皇太子允恭突然病逝，第二年世宗賜允恭子十八歲的麻達葛名「璟」，立為皇太孫，確定了皇位的新繼承人，這就是以後的章宗。這同時也為趙可帶來以文字知遇君主的第三次機遇，冊立完顏璟為皇太孫的誥命正出自趙可之手。誥命中說「念天下大器可不正其本歟？而世嫡皇孫所謂無以易者」。二年後，章宗即位，這位二十出頭的新皇上向左右問起當年冊封之文出自何人手筆，不久，趙可就被擢為翰林直學士，達到他仕歷的頂峰。這是趙可第三次以文字遇知君主。

趙可詩風健舉，如「春來天氣不全好，夜久雪花如許深。暖老正思燕地玉，辟寒誰有魏臺金。」（〈來遠驛雪夕〉）「雙旌晚泊雲興館，對面高峰絕可人。一夜山雲飛作雪，要誇千樹玉嶙峋。」（〈雲興館曉起〉）。趙可樂府亦多雄健之音，〈雨中花慢・代州南樓〉是代表作：

雲朔南陲，全趙寶符。河山襟帶名藩。有朱樓縹紗，千雉迴旋。雲度飛狐絕險，天圍紫塞高寒。吊興亡遺跡，咫尺西陵，煙樹蒼然。

時移事改，極目春心，不堪獨倚危欄。唯是年年飛雁，霜雪知還。樓上四時長好，人生一世誰閒？故人有酒，一尊高興，不減東山。

趙可在當時即是樂府名家，詞名還要在詩名之上，他能豪能婉，如這首〈望海潮〉是出使高麗的贈妓之作，可代表趙可的另一種風格：

雲垂餘發，霞拖廣袂，人間自有飛瓊。三館俊遊，百銜高選，翩翩老阮才名。銀漢會雙星。尚相看脈脈，似隔盈盈。醉玉添春，夢雲同夜惜卿卿。離觴草草同傾，記靈犀舊曲，曉枕餘酲。海外九州，郵亭一別，此生未卜他生。江上數峰青，悵斷雲殘雨，不見高城。二月遼陽芳草，千里路旁情。

金滅遼以後，高麗以事遼舊禮臣冊於金，是金的藩屬國。趙可升為翰林直學士後不久即出使高麗。按照當時的慣例，對上國的來使，高麗方面要安排侍姬「伴館」，這首香豔的〈望海潮〉就是贈給這位貌似天仙的高麗侍姬的。詞人走在還朝歸途上，路旁的芳草還不斷惹起詞人的千里情絲，「此生未卜他生」，看來今生今世無法再續這段海外情緣了。趙可還朝不久即下世了，大概也中了這一句「此生未卜他生」之讖了吧。

施宜生：三權為官，終被烹死

在金初詩壇上，施宜生算得上是個蹤跡為人都很奇特的詩人。施宜生（一〇九一－一一五九年）字明望，福建建寧人。他生於北宋哲宗元祐六年，遭逢宋季亂世，在其不長的一生中先後仕於北宋、齊、金三個政權，最後又因出使南宋時洩露完顏亮南侵的密謀而被烹死，一生頗為矛盾、奇特。

施宜生年輕遊鄉校時就被斷為有奇相。一天他遇到不知從哪裡來的一位雲遊僧人，兩人對視片刻，僧人把他引到鱣堂，風簾杲日，雲遊僧人拿起施宜生的手，把施看了個遍，說：「我善看相，你有奇相，以後我會告訴你。」

少年施宜生博聞強記，還不到二十歲就由鄉貢入太學。北宋神宗年間作為王安石改革內容之一，曾建立了「太學生三舍法」：即將生員分為三等，始入太學為外舍，限額七百人，月考試業最優者升為內舍，限二百人，內舍升上舍，員一百人。優等以次升上舍，免發解及禮部試，召試賜第。這項制度一直保持到北宋末。北宋徽宗政和四年（一一一四年），施宜生因為成績優異擢為上舍第，試學官授潁州教授。這時離金人南下、北宋滅亡已不遠了。

施宜生在潁州學官上做了多年，不免有些厭倦，頗恨自己碌碌無為，甚至動了投筆從戎的念頭。這時那個神祕的雲遊僧人又出現了，和尚拿出一壺酒，兩人就坐在一個草堆上喝起來。「從面相上看你有權骨，可公可卿」，和尚又拿起施宜生的手，指著手臂上的汗毛，「但看你手臂上的毛，又都是向上逆生，而且過了手腕，因此你雖會位至公卿，但不會是大宋的公卿。」施宜生被和尚的一番話說得心動了。

北宋徽宗宣和七年（一一二五年），也就是金太宗天會三年的冬十月，金人長師南下開始大舉侵宋，欽宗靖康二年（一一二七年），汴京被攻陷，徽、欽二帝當了俘虜，北宋滅亡了。同年欽宗異母弟、徽宗九子康王趙構稱帝登基，改元建炎，建立南宋政權。金人北返後，留下了「楚」和「齊」兩個傀儡政權，張邦昌的「楚」很快垮臺，劉豫的「齊」則成了金宋的緩衝地帶。

汴京陷落後，施宜生跟大多士人一樣避亂南下江南。這時候，一個算得上是施宜生同鄉的福建建甌人范汝為於建炎四年（一一三〇年）七月率眾起事，施宜生沒有像其他讀書人那樣跟著高宗趙構做難民，而是投奔了范汝為。范本來是個武裝走私販鹽的首領，他招收了饑民數萬，一舉攻破了建陽城。當年十二月他受到鎮壓而招安受降，但第二年紹興元年（一一三一年）的十月又起兵。施宜生杖策徑謁范汝為，乾以祕策，范汝為大有相見恨晚之感，對施尊用有加，施宜生從此成了軍師、智囊人物。范汝為的隊伍發展到十餘萬人，勢力支撐到紹興二年，南宋派韓世忠親自督剿，范汝為城破自焚死。施宜生在城破前化裝成百姓逃遁，他一口氣跑到泰州，隱名埋姓，從此做起了在這裡經營魚鹽買賣的一家姓吳的大戶人家的家傭。

春去秋來，施宜生混跡於吳家的數十名家僮中間，不覺已三年了。一天，吳家主人把施單獨招來，對他說：「現在天下大亂，英雄斂跡也屬常理。我看你不是什麼賣身為傭的人，你要實話告訴我，不然我讓官府來捕你！」施宜生心裡一陣發緊，但自揣這三年裡沒露出過什麼破綻，就說：「三年來自從做了您家的家傭，我事事恭謹，沒做過什麼分外之事，主人卻這麼懷疑我，那我就此告辭了吧。」吳翁哪裡肯放，堅持說施宜生不是個普通人，施說：「那您有什麼根據呢？」吳翁笑著說：「其實我早就注意你了。從外表上看，你舉止動作都是一個傭人，但比較起來，在細微之處和其他的傭人就不一樣了。前些天，我設宴招待客人，別的傭人都很恭敬，唯獨你好像把他們當成孫子一輩的人似的，拿放器皿時，嘴裡有不屑的噫聲，好像很不痛快的樣子，你被我由此看破了。我這麼問你，原本就是想成全你的，你還要掩飾下去嗎？」不聽則已，施宜生聽了老翁這一番話，驚得出了一身汗，急忙跪倒在地，說：「主人您一定救我，我定不敢相瞞。」接著，就把自己隱名埋姓的由來，如此這般說了一番。說罷，又叩首道：「主人救我！」吳翁想了想，說：「官府捕你正急，畫像城裡城外都貼遍了，你往哪裡逃呢？我現在若放你走，定會害了你，也連累了我。在龜山有一個僧人，是我可以託心的摯友。由他帶你逃到北邊的齊國去，這倒是個好主意。」

施宜生把吳翁贈予的銀兩縫在衣服中，到了龜山寺，又換上緇童幹粗活的衣服，求寺主接納。寺主出來，不知怎麼的施宜生覺得很是面熟，好像就是先前那個雲遊和尚似的。數旬之後，一個月黑風高之夜，和尚趁著夜色把施宜生送到淮河的對岸，臨別對施說：「你生為富貴之命，也合當你我有此緣分，此去你定會得志，別忘了生你養你的地方，老衲有一偈相送：『天所祐，逆而順。』」

施宜生還了一揖，轉身消失在茫茫夜色中了。施宜生進入劉豫控制區後，因為沒有身份證明，就在途中殺了一個人，奪其符簿。當時劉豫的齊國正大舉進攻南宋，施見了劉豫上疏陳取宋之策，被委以大總管府議事官，從此開始了仕齊的生涯。沒過多久，施宜生因事得罪了劉豫的兒子劉麟，改任新信軍節度使。

齊屬於金朝的子國，自從天會八年（一一三〇年）金人冊立劉豫為帝後，除黃河以南又把陝西劃給劉豫，占有中原的齊即以南宋為敵。齊金聯軍進攻淮南，直接威脅南宋的臨安，高宗趙構宣布親征，張浚、韓世忠、岳飛等宋將帶兵迎擊，年底金太宗病危，消息傳來金軍連夜撤退，齊軍也丟下輜重逃走，劉豫的第一次「南征」失敗。兩年後劉豫再次南下攻宋，又大敗而還。本來劉豫當上「子皇帝」，是靠賄賂金將撻懶，由撻懶力薦而成。金熙宗即位後不久，就削奪了撻懶的兵權，劉豫又連吃敗仗，就在天會十五年（一一三七年）這年罷廢了劉豫這個傀儡。

劉豫的齊垮臺了，施宜生的命運又發生了一次變化。從太常博士做起，他從此開始了仕金的生涯，很快就得到了當時還是奉國上將軍的完顏亮的垂青。完顏亮與熙宗同是太祖孫，覬覦堂兄熙宗的帝位已久，終於在皇統九年（一一四九年）弒殺熙宗，登上皇帝寶座。一天完顏亮打獵時，獵獲三十六隻熊。完顏亮自小受漢文化薰染，以雅愛文事自命，今天他讓群臣就以此事為題，賦詩著文。施宜生在奏賦中說：「聖天子講武功，雲屯八百萬騎，日射三十六熊。」當時的完顏亮就有「混同天下」的野心，「講武功」、「雲屯八百萬騎」云云，很合完顏亮的口味，施宜生被擢為第一名，不久遷為禮部尚書。此後施宜生平步青雲，參知政事張浩又推薦施宜生博學可備顧問，又召施為翰林直學士。完顏亮早年為奉國上將軍即在宗弼（兀朮）軍中做事，施宜生又因撰太師宗弼墓銘，得完顏亮歡心，加官兩階。

金宋曾在皇統二年（一一四二年）即宋紹興十二年議和，劃淮為界。完顏亮即位後立志消滅南宋，他曾對手下人說：「吾有三志：國家大事皆自我出，一也；帥師伐國，執其君長問罪於前，二也；得天下絕色而妻之，三也。」完顏亮為了聳宋人視聽、收南宋士人之心，特命隨父由宋降金的蔡松年為宰相。

正隆四年（一一五九年）宋紹興二十九年，又任命施宜生以翰林侍講學士的身份為賀宋國正旦使，出使南宋。本來，施宜生因為參加范汝為的起事，兵敗北走齊，恥於再見宋人，極力推辭，不肯充當這個使臣。完顏亮的用意，是用施來迷惑南宋士人心理，因此施宜生的推辭沒有被接受。但此番出使，施宜生卻做出了與完顏亮本意不符的事情。

當時，南宋朝野大都不太相信完顏亮會南侵。正隆三年，宋使黃中使金後報告說，金人正準備遷都開封，以謀南侵，宋高宗竟不相信此事。雖然也有金境內調兵造船的諜報不斷傳來，高宗還是將信將疑，不肯深信。所以，南宋方面有心想試一試金使的口風，命張燾以吏部尚書侍讀身份，接待施宜生。

張燾是個有心人，他趁與施同來的副使耶律辭離不注意，以暗語試探施。施向張燾用暗語說：「今日北風甚勁！」說完，又怕張不理解，又拿起幾上的毛筆敲了幾面幾下，說：「筆來！筆來！」中州音「筆」與「北」同。施宜生向宋人透露了北方金人要進攻的意圖，宋人由此開始戒備。而施宜生北返金廷，被副使告發，遭到烹死這種酷刑的懲罰，結束了其充滿矛盾的一生。

文武雙全，冠絕當時的海陵王

海陵王完顏亮（一一二二—一一六一年）字元功，本名迪古乃，為金太祖完顏阿骨打之孫，遼王宗乾之子。天眷三年（一一四〇年）十八歲時以宗室子弟為奉國上將軍，在梁王宗弼（兀朮）軍中為行軍萬戶，遷驃騎上將軍。皇統四年（一一四四年），加龍虎衛上將軍，為中京留守，遷光祿大夫。皇統七年（一一四七年）五月召為同判大宗正事，加特進，十一月，拜尚書左丞。皇統八年（一一四八年），為平章政事；十一月，拜右丞相。皇統九年（一一四九年）正月，兼都元帥；三月，拜太保，領三省事；四月，出為領行臺尚書省事，復召為平章政事。皇統九年十二月，弒熙宗而被擁戴即位，成為金朝的第四代國君。貞元元年（一一五三年），完顏亮不顧女真貴族守舊勢力的反對，把都城由上京（今黑龍江阿城南白城）遷往中都（今北京）。統治中心由北方一隅之地的上京南遷中都，將長城內外、漢民族和少數民族更加緊密地聯繫起來，從而促進了中華民族的融合，推動了金朝社會的發展，對於中國歷史的進程產生了積極的影響。後因興兵大舉南下伐宋，在採石一戰為虞允文所敗，退兵揚州時，被部下射殺。完顏亮在位期間，基本上繼承了金熙宗的改革政策，並有所發展。雖然興兵伐宋一事民怨沸騰，對社會發展帶來了負面影響，但是總的來看完顏亮仍不失為繼金熙宗之後有作為的一位政治家。

完顏亮不僅在政治上有所建樹，又是金代的第一位傑出的女真族詩人，有漢高祖、魏武帝之風。所作筆力雄健，氣象恢弘，在中國文學史上形成別具一格的獨特風貌。完顏亮從早年開始即好為詩詞，曾經以「大柄若在手，清風滿天下」的詩句為人書扇，透露出建功立業的非凡之志，令人耳目為之一新。氣魄、格調與上述詩句近似的，還有〈書壁述懷〉：

蛟龍潛匿隱滄波，且與蝦蟆作混合。
等待一朝頭角就，撼搖霹靂震山河。

完顏亮久蓄問鼎之心，稱帝之前曾說「國家大事皆自我出」（《金史・高懷貞傳》）、

「果不得已，舍我其誰」（《金史・本紀》）。此詩則說自己雖然居於下位，不過是像潛伏的蛟龍與蝦蟆之類暫時混居同處一樣，一旦頭角長成、羽翼豐滿，就將成就一番驚天動地的大業。詩題稱作「書壁述懷」，果然直抒胸臆，坦誠真率，對於待時而動的勃勃雄心毫不掩飾，帶有女真文學樸野粗戾的鮮明特色。又如〈以事出使道驛有竹輒詠之〉：

孤驛蕭蕭竹一叢，不聞凡卉媚東風。
我心正與君相似，只待雲梢拂碧空。

原詩題下注稱：「為岐王時作。」此詩藉物詠懷，說自己猶如驛站邊的竹叢一般，羞於像普通花卉那樣取媚東風，只一心等待雲梢拂空的時機到來。還有一首〈見幾間有岩桂植瓶中索筆賦〉：

綠葉枝頭金縷裝，秋深自有別般香。
一朝揚汝名天下，也學君王著赭黃。

此詩表面好像詠桂，實則分明自況，說的是一旦時機成熟，詩人就將黃袍加身，南面稱王了。正隆年間完顏亮伐宋，其〈南征至維揚望江左〉則稱：

萬里車書盡會同，江南豈有別疆封。
屯兵百萬西湖上，立馬吳山第一峰！

此詩作於正隆六年（南京紹興三十一年，一一六一年），這年九月完顏亮率領大軍南犯，意在一舉滅宋。完顏亮向以「中原天子」自任，萬里車書趨於一統，豈容宋人偏安江左？西湖、吳山為南宋都城杭州的山水勝地，此處代指杭州。「屯兵百萬西湖上，立馬吳山第一峰」，滅亡南宋之意躍然紙上。

除了詩作以外，完顏亮的詞作也個性鮮明，為人稱道。如〈鵲橋仙・待月〉：

停杯不舉，停歌不發，等候銀蟾出海。不知何處片雲來，做許大、通天障礙。虯髯撚斷，星眸睜裂，唯恨劍峰不快。一揮截斷紫雲腰，仔細看，嫦娥體態。

這是中秋之夕待月而作。據岳珂《桯史》記載，當作於南下伐宋的前一年即正隆五年（一一六〇年）。篇中逼真地再現了待月不至和由此引發的內心活動，異想天開，超邁絕倫，透露出橫厲恣肆、不可一世的氣概。《詞苑叢談》卷三引《詞統》評論道：「出語崛強，真是咄咄逼人。」

至於渡江伐宋前夕撰寫的詞作〈喜遷鶯・贈大將軍韓夷耶〉則稱：

> 旌旗初舉，正駃騠力健，嘶風江渚。射虎將軍，落雕都尉，繡帽錦袍翹楚。怒磔戟髯，爭奮捲地，一聲鼙鼓。笑談頃，指長江齊楚，六師飛渡。此去，無自墮。金印如斗，獨把功名取。斷鎖機謀，垂鞭方略，人事本無今古。試展臥龍韜韞，果見成功旦暮。問江左，想雲霓望切，玄黃迎路。

《桯史》說，金軍南伐以前，完顏亮「使御前都統驃騎衛大將軍韓夷耶將射雕軍二萬三千圍、子細軍一萬，先下兩淮，臨發賜所製〈喜遷鶯〉以為寵」。詞中以西漢名將「射虎將軍」李廣和仕於北齊為左丞相的「落雕都督」斛律光比金將韓夷耶，以「臥龍」諸葛亮的雄韜大略比喻自己南伐的決策，並設想江南的老百姓將會以「大旱之望雲霓」的心情和以

「筐篚盛其絲帛」的禮儀奉迎路邊，盼望金軍的到來，字裡行間充滿必勝的信心。然而謀未及身，在他即將由揚州瓜洲渡口渡江的前一夜，乃為部將射殺，其統一南北的雄心終於化為泡影。

完顏亮在霸業上雖然未能如願以償，在藝術上卻取得了極大的成功。這些作品剷盡浮詞，語語本色，不僅絕無漢族文人詩詞中常見的那種綺羅香澤的脂粉氣，也絕無文縐縐忸怩作態的腐儒氣；俚而實豪，詭而有致，在中國文學史上獨樹一幟，成為中原地區的農耕文化與北方民族的遊獵文化雙向交流、相互融合的珍貴結晶，為多元一體的中華文化增加了新的因子，注入了新的活力。張德瀛《詞徵》認為：「今觀《桯史》及《藝苑雌黃》所載金主之詞，獨具雄鷙之概，非但其武功之足紀也。」

人生之路滿荊棘的邊元鼎

在正隆大定詩壇上，有號稱「三邊」的邊氏三兄弟，這就是邊元勳、邊元恕、邊元鼎。邊元鼎雖然最小，但他的名氣最大，詩歌成就也最高。

邊元鼎字德舉，豐州（故治在今內蒙古托克托）人。十歲能作詩，海陵王天德三年（一一五一年）進士及第，但不知何故停止他銓選的資格。世宗完顏雍即位後，太師張浩上表舉薦，他被徵召為翰林供奉。後出為邢州幕僚，又被人誣告免官。從此心灰意冷，不再求仕，過起了隱居的生活。

邊元鼎在政治方面兩次受到打擊，究竟是什麼原因不好斷定，但從他的詩中我們可以有個大體的推測。邊元鼎愛好音樂，尤其欣賞吹奏樂，對一些歌女甚至是風塵女子也頗為鍾情，很可能是這方面觸犯當時的禮教制度被人彈劾所致。或云：金代是由女真貴族建立的政權，並沒有很嚴格的封建禮教。其實不然，金代前期，禮樂未備。而經過熙宗、海陵王兩代大力吸收推行漢民族的文化，封建專制制度已經建立，正隆官制的完成，更加快了女真貴族漢化的速度。故封建禮教也開始嚴格起來。另一方面，也可能是由於被忌妒而受到陷害。他在詩中時常抒發憤懣不平的情緒，便是佐證。

邊元鼎有兩首聽音樂而生情的作品。〈聞簫〉詩道：「弄玉吹簫玉管低，秋風散入滿天悲。滄波夜漲龍吟細，琪樹霜風鳳嘯遲。漢月有情如靜聽，蕭郎無路不相知。秦樓虛負清宵意，惆悵乘鸞舊有期。」細味全詩，當是詩人聽到嗚咽悲哀的簫聲後所產生的思想感受。其意境與〈古詩十九首‧西北有高樓〉的意境相仿，他把吹簫的女子比做弄玉，而把自己比做蕭史，表現對吹簫女子的愛慕與渴望，充滿了感傷情味。〈聞笛〉道：「雌鸞無鳳怨西風，月女愁寒淚灑空。牙板急隨聲不斷，滿天敲碎玉玲瓏。」把吹笛的女子想像為「雌鸞無鳳」，其比興的意義也是很明確的。〈閱見〉是一組愛情詩，共十首，從各個角度委婉地表現和一女子間纏綿悱惻的愛戀情愫，今選出五首（一、二、五、七、十）以見概貌：

君居淄右妾河陽，平白相逢惹斷腸。
蠟燭已殘歌欲闋，並教離恨繞飛梁。

蕭史吹笙鳳女臺，月高霜冷風聲哀。
不堪好酒沉沉醉，又遣青鸞獨自來。

笑裡低梅引醉波，閬風秋月一聲歌。
明知畫燭無情物，何是尊前淚更多。

牛女佳期歲一過，都緣迢遞隔金河。
可憐馬上香車畔，只隔珠簾更不多。

膩發堆雲鏡舞鸞，五雲仙洞接清歡。
歸來失卻吹簫伴，腸斷昆山昨夜寒。

這組詩當是作者生活體驗的真實反映，所表現的或是他在煙花柳巷中的豔遇，或是他婚外的戀情，情人是位既會吹奏笛簫又會演唱的多才多藝的女子。他們的接觸似乎很頻繁，但在他們之間，卻有一道難以逾越的障礙。有情人無法走到一起，這便是其情感纏綿憂傷的根源。而這種情況，在人類歷史上是相當普遍的，故更有典型意義。

由於他的人生道路充滿了荊棘，故怨憤的情緒也就非常強烈，這是他詩歌內容的另一個主要方面。〈八月十四日對酒〉是他現存詩歌中最長的作品。這是一首七言歌行體的抒情詩。前半部分描寫月光的清澈明媚和對月宮中美好景色的嚮往，後半部分寫道：「清風颯颯四坐來，吹入羲黃醉中境。醉中起歌歌月光，月光不語空自涼。月光無情本無恨，何事對我空茫茫。我醉只知今夜月，不是人間世人月。一杯美酒蘸清光，常與邊生舊交結。亦不知天地寬與窄，人事樂與哀。仰看孤月一片白，玉露泥泥從空來。直須臥此待雞唱，身外萬事徒悠哉！」與李白〈對月獨酌〉的感情極其相似，表現出世無知己的強烈的孤獨意識。〈村舍〉二首其二曰：「牆外青山半在樓，山村盡晚雨修修。旃裘臃腫無餘事，鐏酒飄零又一秋。學得屠龍無用處，只如畫虎反成羞。回頭為向淵魚道，鴻鵠而今不願遊。」時光空逝，懷才不遇，滿腹經綸不但不為時所重，反而經常受到打擊，所以他已心灰意冷。「學得屠龍無用處」一句表現他對自己的才能是非常自信的。在〈春花零落〉一詩中，這種急於用世的感情更加強烈。「春花零落雁秋悲，已過流年二十期。有舌能忘坐轥辱，無金莫怪下機遲。世情冷熱雖予問，人事升沉未汝知。何日上方容請劍，會乘風雨斷鯨鯢。」從「已過流年二十期」句來看，當是詩人二十周歲時的作品。最後兩句大有中軍請纓的意味，只要得到重用，就要幹一番轟轟烈烈的事業。但殘酷的現實教育了他，他只能嘆息世道之不公和抒發孤獨無援的感慨了。〈客思〉寫道：「客思逢春易感傷，不堪殘淚愛家鄉。離親恍惚來千里，糊口淒涼在四方。羞向孫劉圖富貴，浪從李杜學文章。官街坐對黃昏月，半屋清燈滿地霜。」從最後兩句可知是客遊京師汴梁時的作品，從感傷憂愁的情緒來看，本詩很可能是作者登第後未能參加銓選時所作。

世態炎涼，仕途偃蹇，友情和親情顯得就特別重要。這也成為其詩內容的一個方面。〈送妹夫之太原〉道：「山舍秋氣冷參差，送客西城落日低。怨別弟兄歸怏怏，戀鄉車馬去遲遲。浮萍聚散元無定，流水東西卻有期。惆悵黃榆故山路，碧天回首雁南飛。」景起景收，感情真摯，頗有韻味。〈別友〉：「從來雞鶴不同群，涇渭何人與細分。鏡裡光陰誰唸我，雲中歧路已饒君。清觴且吸年時月，白雪休徵夢裡雲。別後相思不相見，水邊黃葉暮山村。」以議論開頭，道出社會黑白不分，涇渭不分，知己難覓，自己孤獨苦悶的情景，富有哲理性和普遍的意義。〈答文伯〉二首其二煞尾道：「萬古消沉一杯酒，直須白骨點蒼苔。」他簡直要在醉鄉中來消遣自己的一生了，可見其憂憤苦悶的程度。「卻嘆淵明非達道，無弦猶是未忘琴」（〈閑題〉）他連超凡脫俗的陶淵明也要批評，認為陶淵明彈無弦琴也不夠瀟灑，因為畢竟還在想著琴，而自己什麼都忘了，連琴都不想，別說去彈了。心灰意冷，精神完全麻木了，可見其對現實已完全失去信心。

邊元鼎還有一些斷句，都很精彩，如「雲鐘號曉月，風絮亂春燈」「晚照入簾如有意，春風過水略無痕」「五更好夢經年事，三月殘花一夜風」等，確實是對仗工穩、意境鮮明的好詩句。總之，邊元鼎在當時的詩人中成就較高。

劉仲尹：喝酒成趣，詠梅作詩

金代中葉進入承平時期，朝廷留意儒術，建學養士，社會風氣也以潛心讀書、求取功名為尚。文壇上金代北方土生土長的新一代詩人群體成長起來，構成所謂「中州文派」，金初詩壇上的那種由「借才異代」的詩人吟唱的悲涼之音也杳無蹤跡了，取而代之的是平實生活中的心身自適之趣。

蓋州（今遼寧蓋縣）人劉仲尹是這個新才輩出時代中的一個「書海弄潮兒」。劉仲尹，字致君，他出身豪門世家，卻像普通士子一樣通過科舉入仕。正隆二年（一一五七年），年滿二十歲的劉仲尹進士及第，隨即做了贊皇尉。

一天早上，他因公務來到山頂寺中，發現寺壁上有幾行尚潤的墨跡，原來是一首詩：

「長梢疊葉正颼颼，枕底寒聲為客留。野鶴不來山月墮，獨眠滋味五更秋。」仲尹讀罷，覺得很有味道，便詢問山僧是誰在此題留，山僧說：「有個年紀六十上下的客人，昨天晚上在我這山寺中寄宿，今早天亮時題留了這首詩後就離去了，看這墨跡還沒有全乾，一定還沒走太遠。」劉仲尹聽罷馬上分派手下四處追尋，不大一會兒，一個弓兵回來稟告：「那位來客正在山中的一棵大樹下邊，他說等您去呢。」

劉仲尹帶上一罈好酒前往見客，遠遠地果然看見一棵大樹下正坐著一位老者。仲尹上前作揖致意，老者也回了一禮。仲尹請教老人的尊姓大名，老人笑了笑，沒有正面回答，抬手指了一指仲尹帶來的酒罈要酒喝。兩人就一邊在樹下對飲，一邊攀談起來，仲尹見老人談吐灑落，知道今天遇上了異人，就一個勁兒地敬酒，又將平時讀經史遇到的疑難之處如數向老人請教，老人的解答詳盡仔細，盡解仲尹疑竇，而且新見疊出，令仲尹聞所未聞，茅塞大開。

一老一少談得投緣，兩人在樹下你一杯我一飲，老者更是豪宕，他舉杯引滿，對仲尹手下的人說道：「來，今兒個就忘掉主從關係，你們也來喝一杯！」不知不覺中，日頭偏西，仲尹和手下吏卒都喝得酩酊大醉，醒來一看，已不見了老者的蹤影。經過與老人的此番對談、點撥，少年劉仲尹從此詩藝大進。

元好問在劉仲尹的小傳中，特意指明他在詩學上是「參涪翁（指黃庭堅）而得法者」。金初詩人的審美取向，在蘇黃兩人中多偏重於蘇，尤其推崇東坡晚年的作品；劉仲尹學黃庭堅的「學人之詩」，學江西詩派新奇瘦硬的作風，既是個人詩學趣好傾向，也是時代風會的轉移。道理很簡單，要學作學人之詩，就必須多讀書，要有好的讀書條件才行。出身豪門的劉仲尹，嗜酒更耽於書趣，遥拜涪翁（黃庭堅）為師：「相看絕是好交友，著眼江梅季孟中。海窟笙簫來鶴背，月林冰雪繞春風。滿前玉蕊名尤重，特地梨花夢不同。安得涪翁香一瓣，種成耽供小南豐。」（〈酴醾〉）又如〈秋日東齋〉：「一區寂寞子雲家，便腹哪能貯五車。筋力只今如老鶴，筆頭新愛綰秋蛇。樹間風定葉漫徑，籬外雨寒梅著花。勝日一樽能笑客，更須官鼓候晨撾。」「筋力只今如老鶴，筆頭新愛綰秋蛇」一聯煉字煉句，瘦語盤空，稱得上「得涪翁心香一瓣」了。

劉仲尹在詩中給自己的「自畫像」，也是一個沉浸書堆之中的「書蠹」形象：「日日南軒學蠹魚，隱中獨愛隱於書。兒痴婦笑謀生拙，不道從來與世疏。」（〈自理〉）「床頭書冊聚痲沙，病起經旬不煮茶。更為炎蒸設方略，細烹山蜜破松花。」（〈夏日〉）耽於書中尋得閒適之趣，自得吟誦之樂，守拙憎俗都是讀書人的孤高作風，因此自然而然地，劉仲尹愛上了梅花，如前面〈秋日東齋〉中「樹間風定葉漫徑，籬外雨寒梅著花」也寫到了梅花，在元好問《中州集》輯錄的二十八首詩中，仲尹寫到梅花的就有十四首之多，占了一半。詩人專門寫有〈墨梅〉十首，最後一首說：「妙畫工意不工俗，老子見面只尋香。未應塗抹相欺得，政自不為時世妝。」

有關詩人的這十首題畫的〈墨梅〉詩，還有一段趣話。後來愛挑黃庭堅毛病的王若虛（他說黃點化前人成句之「點鐵成金」、「脫胎換骨」不過是「剽之黠者耳」——善於偷竊罷了），也把毛病挑到了這位喜愛黃庭堅、以黃為師的前輩劉仲尹頭上，對劉的這幾首詠梅的題畫詩很不以為然。王若虛舉了兩首：「高髻長眉滿漢宮，君王圖玉按春風。龍沙萬里王家女，不著黃金買畫工。」「五換鄰鐘三唱雞，雲昏月淡正低迷。風簾不著闌干角，瞥見傷春背面啼。」然後批評說，他曾經把這兩首詩唸給許多人聽，問詩中所詠何物，結果沒一個人能答上是詠梅花，告訴他們詩題就是〈墨梅〉，人們聽了還是將信將疑，回不過味兒來。他說和詠花沾不上邊，又怎麼能知道是詠梅花呢？更怎麼能知道是詠畫梅呢？王若虛認為，詩的毛病在於作者錯誤地理解了「賦詩不必此詩」的觀點，又過分追求，即寄託太過。（見《滹南詩話》）王若虛的話自有他的道理，但也許因憎黃而苛求太過了一些。

給皇太子當老師的詩人劉迎

金代中葉詩壇上，有一位當過太子老師，頗受金顯宗皇帝青睞的詩人。他創作豐富，有詩文樂府集傳世，死後，其子尚受餘蔭而被賜進士及第，兩代尊榮，為時所重，他就是劉迎。

劉迎字無黨，東萊（故治今山東掖縣）人。大定十三年因薦書對策為當時第一。次年（大定十四年，一一七四年）進士及第，除授豳王府記室，後改太子司經，其職責是給太子講經讀史，大體相當於太子侍講的職務。深受顯宗皇帝的信任和器重。大定二十年隨駕涼陘，因病而終。章宗即位後，感念他的功勞，賜其子劉國樞進士及第。劉迎自號為無諍居士，其詩文樂府集號曰《山林長語》，章宗下詔命國學刊行，可見其在當世是頗有影響的。

劉迎是個十分關注現實的人，他關心有關國計民生的一些大事，這在同時代詩人中是比較突出的。〈修城行〉是作者針對淮安城修築質量太低劣，年年浪費人力物力而又不堅固的具體情況所生的感慨。詩道：「淮安城郭真虛設，父老年前向予說。築時但用雞糞土，風雨即摧乾更裂。只今高低如堵牆，舉頭四野青茫茫。不知地勢實衝要，東連鄂渚西襄陽。誰能一勞謀永逸，四壁依前護磚石。免令三歲兩歲間，費盡千人萬人力。」原來的城牆只是用雞糞土堆成的土牆，經不住風雨的侵蝕。而淮安又是一個「地勢實衝要」的地方，應當加固城牆，在前面用磚石加固砌好，以收一勞永逸之效。免得三年兩年之間，就要修一次，浪費大量的人力。可以體會出作者所關心的重點還是百姓，為了減少一些百姓的勞苦，他對一切相關的事務都非常關切。據詩末小注曰：「唐州後竟用此策也。」可知後來有人採納了他這一提議。〈河防行〉更能體現出這一點：

南州一雨六十日，所至川原皆泛溢。
黃河適及秋水時，夜來決破陳河堤。
河神憑陵雨師借，晚未及晴昏復下。
傳聞一百五十村，蕩盡田園及廬舍。

我聞禹時播河為九河，一河既滿還之他。
川平地迥勢隨弱，安流是以無驚波。
只今茫茫餘故蹟，未易區區議疏闢。
三山橋壞勢益南，所過泥沙若山積。
大梁今世為陪京，財富百萬資甲兵。
高談泥古不須爾，且要築堤三百里。
鄭為頭，汴為尾，準備他時漲河水。

詩用大部分篇幅記載了南方連續下雨六十天，造成洪災的慘狀。作者憂心如焚，建議當政者不要「高談泥古」了，應當幹點實事，趕快抓緊時間修築黃河大堤，並具體提出了修大堤的方案，這就是從鄭州修到汴梁，以防黃河發大水。

劉迎有許多題畫詩，表現出他對繪畫藝術的精湛理解和很高的鑑賞能力。〈梁忠信平遠山水〉在這方面有代表性。「憶昔西遊大梁苑，玉堂門閉花陰晚。壁間曾見郭熙畫，江南秋山小平遠。別來南北今十年，塵埃極目不見山。烏靴席帽動千里，只慣馬蹄車轍間。明窗短幅來何處，亂點依稀宛寒具。煥然神明頓還我，似向白玉堂中住。濛濛煙靄樹老蒼，上方樓閣山夕陽。一千頃碧炤秋色，三十六峰凝曉光。懸崖高居誰氏宅，縹緲危欄蔭青樾。定知枕石高臥人，常笑騎驢遠行客。當時畫史安定梁，想見泉石成膏肓。獨將妙意寄毫楮，我愧雨立隨諸郎。此行真成幾州錯，區區世路風波惡。還家特作發願文，伴我山中老猿鶴。」梁忠信是宋仁宗朝的畫院祗侯，是著名的山水畫家。開頭以昔年在大梁看到過郭熙山水畫起，為下文作鋪墊。從「明窗短幅」以下十二句是對梁忠信平遠山水畫畫面景色的描繪，生動形象，色彩鮮豔，由遠及近，層次分明。我們完全可以通過畫面想像出畫上的情景，高明的畫家可以將其再現出來。「當時畫史」以下是觀畫後的主體感受，因為看畫中的山水很美而產生歸隱的想法，可見其藝術感染力很強。〈蔡有鄰碑〉是記錄碑刻書法藝術的詩作，有認識價值。作者在去山西的途中，在附近縣邑看到了蔡有鄰碑，筆法遒勁，是一種變化的隸體。「我為山西行，叱馭過近縣。傳聞蔡有鄰，石刻古今冠。風流書以來，妙絕隸之變。銀鉤鸞鳳舞，鐵畫蛟龍纏。憑誰致墨本，故舊詫針獻。正恐賦分薄，一夕碎雷電。平生六一老，集古藏千卷。惜此方殊鄰，公乎未之見。」這樣精湛的作品，以集古著名的歐陽修卻沒有看到，作者在為其遺憾的同時，也含有對此碑的極力推崇之意。

詩人有很高的藝術才能，也有經世濟民的志向，雖然曾得到顯宗的信任，但顯宗完顏允恭死得早，還沒有活過他父親世宗完顏雍，沒有當過一天真正的皇帝就一命嗚呼了。〈數日冗甚，懷抱作惡，作詩自遣〉寫道：「生涯吾亦愛吾廬，踏地從來出賦租。胸次有懷空塊磊，人間無處不崎嶇。扶搖安得三千里，應見真成百億軀。直欲棄家參學去，一龕香火供齋盂。」對於政令繁苛、雜務鞅掌的現實表現出強烈的不滿，心中有無限的感慨和鬱悶，但也無可奈何，「人間無處不崎嶇」以簡明的語言概括出深刻的社會問題，頗易引起讀者的共鳴。〈莫州道中〉抒寫為生計所迫不得不在外奔波的羈旅行役之苦，情景相生：

風林葉葉墮霜紅，天末晴容一鏡空。
野曠微聞烏鳥樂，草寒時見馬牛風。
人生險阻艱難裡，世事悲歌感慨中。
白髮孀親倚門處，夢魂千里付歸鴻。

以暮秋清冷的自然景色襯托行役在外的思鄉之苦，從「白髮孀親」四字中我們還可以知道詩人當時還有孀居的高堂老母。母親思念兒子是刻骨銘心的，而孀居的母親無依無靠，思念兒子的心情就更迫切了。本來是詩人思念掛懷老母親，卻偏說老母親在思念自己，從對方寫來，更增強了抒情的力度，故十分感人。

〈書何維楨見贈詩後〉道：「塵埃握手眾人中，草木從來臭味同。春夏我雖迷出處，交遊君不異初終。赤黃晚歲徵奇夢，清白平生繼古風。嘆息蜀州人日作，傷心不覺涕無從。」在對朋友的讚佩和懷念中抒發了世無知己的淡淡憂傷。

劉迎詩歌的內容很豐富，以上三個方面只是一個大體的概括，但也可窺測出其詩的主要風貌。

失意於科場，得意於文壇的黨懷英

金正隆六年（一一六一年），正當完顏亮南侵的大軍對南宋展開全線進攻的時候，不料後院起火，國內發生兵變，東京留守堂兄完顏雍稱帝，改元「大定」，完顏亮軍心離散，不久就被部下殺死。金軍從荊、襄、兩淮全線撤退，一時間中原各地、黃河南北各種民眾武裝紛紛趁勢揭竿而起。面對時代風雲變幻，黨懷英和辛棄疾這兩個同窗好友選擇了不同的人生道路。二十歲的辛棄疾在濟南附近聚眾兩千多人投奔了山東耿京的民眾武裝，經過一番刀光劍影的洗禮，辛棄疾率千餘人馬渡過淮河投奔了南宋。二十七歲的黨懷英為什麼沒有走這條路，蔣一葵的《堯山堂外紀》上說，兩人當時曾經以蓍卜筮決定去留，辛棄疾得的是「離」卦，就投歸了南宋；黨懷英卜得「坎」卦，於是就留下來沒走。其實這不過是附會之說，不足為信的。在此之前，辛、黨兩人同拜劉汲和蔡松年為師，同窗多年，並一起參加過兩次金朝舉行的科舉考試，他們獲得了鄉解資格，但府試都落選了。

同是失意於科場，但辛父母早亡，由祖父撫養成人，而這個時候剛巧祖父也不幸病故，可以說，他實際上已沒有什麼親人了。血氣方剛，一無牽掛的辛棄疾應時而起，走上了一條英雄豪傑之路。黨懷英要年長一些，而且已有了家室，妻子石氏是石介的後人。他為人性情也比較平和沖淡，科場失意後就放浪山水間，以詩酒自娛，詩名為人所重，過著一簞一瓢，安貧自守的生活，也就走上了一條文士之路。辛到南宋，為吏一方，成為詞壇飛將；黨在北方金朝則成為文壇盟主。劉祁認為「二公雖所趨不同，皆有功業寵榮，視前朝李谷、韓熙載亦相況也」（見《歸潛志》卷八），比較通達實在。

金末元好問曾引用蕭貢的說法：「國初文士如宇文大學、蔡丞相、吳深州等，不可不謂豪傑之士，然皆宋儒，難以國朝文派論之，故斷自正甫為正傳之宗，黨竹溪次之，禮部閑閑公又次之。」這段話道出了黨懷英（號竹溪）在明昌間的文壇盟主地位。

黨懷英是金代文壇上「中州文派」誕生以來，第一個在散文、詩詞及史學等多方面卓有成就的全才式的作家。他能成為一代文宗，既是他如前選擇了時代，也是其後的時代條件選擇了他。辛、黨別後十年，到大定十年（一一七〇年）三十六歲那年黨懷英才中了進士，步入仕途應該不算早了，但到大定二十九年（一一八九年）章宗即位，僅十多年間他就已逐漸成為文壇上聲名日隆的中堅人物了。雅尚文辭的章宗即位後旁求文學之士以備侍從，一天他詢問左右宰臣：「翰林院需選拔些人來，你們看都有誰堪任？」左右有人回稟說和黨懷英一起編修《遼史》的郝俁文章政績不錯。皇帝點了點頭，又自問自答了一句：「近日制詔唯有黨懷英的文章最好。」黨懷英的聲名聳動章宗，文章受到高度讚揚，明昌元年（一一九〇年）黨懷英遷國子監祭酒，第二年又遷侍講學士，又過一年遷翰林學士。

黨懷英的仕途生涯，對他的文壇盟主地位起到促進作用。自入館閣後，政治上的地位加強了他在文壇的聲望和號召力，吸引諸公與之接遊。後來，趙秉文就把黨懷英和活躍在他周圍的趙渢、路鐸、劉昂、尹無忌、周昂等人的詩集付梓以行，命名為《明昌詩人雅制》。章宗明昌從年份上說只有六年，但明昌詩人的活動年限，實際上還包括著大定末和承安初在內，而此前的蔡珪，文學上也很有成就，也累官至翰林修撰，同知制誥，但他未能逢上章宗這樣崇尚文學的君主，儘管也是一個階段（大定年間）的代表人物，但終未能成為第一個眾望所歸的領袖人物。

黨懷英能成文宗大匠，也自然還與他自身所具備的各種素養分不開的。黨懷英早年喪父，和母親一起過著寄人籬下、相依為命的生活，自小起磨礪了意志和安貧樂道的風節。黨父是一個地方小吏，他以從仕郎的名義，舉家從馮翊（今天的陝西省大荔縣）遷居到山東泰安，做泰安軍錄事參軍，沒多久就死在了任上，黨懷英和母親也再無力歸返故鄉了。少年黨懷英聰明穎悟，一天就能熟讀誦記千餘言，他先後拜的兩位老師劉汲和蔡松年都是大名士，因此受到了良好的系統教育，以至還未中仕時就已文名遠播了。

入奉翰林之後，黨懷英加強了文壇領導者和倡導者的自我意識。他開始有意識地標舉歐陽修的散文，以歐陽修散文為正體，使之大行於金朝。黨詩似陶（淵明）、謝（靈運），奄有魏晉人的古淡天然之風，尤善五言古體，體物精微，寄託深遠，如這一首〈西湖晚菊〉：「重湖匯城曲，佳菊被水涯。高寒逼素秋，無人自芳菲。鮮飆散幽馥，晴露墮余滋。蹊荒綠苔合，採採嘆後時。古瓶貯清泚，芳尊湔塵霏。遠懷淵明賢，獨往誰與期。徘徊東籬月，歲晏有餘悲。」

堪稱領一代風騷的領袖人物，其造詣往往是多領域、多側面的，由這種多側面的多重效應，自然而然地臣服眾人，俯仰其門。黨懷英天資既高，輔以博學，不但文學方面高文大冊，主盟一時，史學方面他也轉益多師，取得令人矚目的成就。他和郝俁一起充任《遼史》刊修官，與同事趙渢、移剌益多方收集舊遼史料，舉凡民間的碑銘、墓志及諸家文集網羅殆盡，甚至連有關舊遼的口頭材料也不放過。黨懷英還兼擅書法，古文隸篆出神入化，獨步有金一代。

黨懷英具有領袖人物的人格魅力。他性情簡淡，儀觀秀整，風度飄逸。如同說蘇軾是一僧人托生相仿佛，黨懷英被說成是唐代大道士吳筠的托生。他待人寬和，具有豁達的長者風範，容眾人犯而不校；文學上他呼朋引類並不自我高蹈，為政也寬簡，不言而使人自服化。所有這一切使黨懷英成為明昌文壇上當之無愧的盟主。元代郝經讚嘆說：「一代必有名世人，瑰偉特達為儒宗。……渾然更比坡仙純，突兀又一文章公！自此始為金國文，崑崙發源大河東。」（《讀黨承旨集》）

大安三年（一二一一年）以翰林承旨退休在家的黨懷英高壽而終，享年七十有八。有人說，當天晚上看見一顆明亮的大星劃過夜空，隕落在黨宅的庭院內了。

酈權：「漫留詩句懶題名」

古往今來，人們對自己的詩文都很看重，所謂「經國之大業，不朽之盛事」，主要是想藉此自高身價，以期流芳百世。但也有例外，金代中期酈權就聲稱「漫留詩句懶題名」（〈郊行〉），表示不在乎生前生後的名聲。為什麼他會如此超脫？究其原因，是他對人生的失望和頹喪的生活意緒。

酈權出生在名臣之家。他的父親酈瓊憑著智勇，追隨金國元帥完顏宗弼（兀朮），建言建功，勇闖天下，由一介村野武夫升任亳州知府、武寧軍節度使、泰寧軍節度使、歸德尹等要職。而酈權卻未能將這份家業成功地繼承下來，光宗耀祖，一則因為他生逢宋金妥協、相對和平的年代，他不可能建立軍功，再則他未必有多大的軍事或吏治才能，甚至在現存的詩中，幾乎看不出他有什麼像樣的理想。所以，他只是靠顯要的家庭出身謀得一官半職，後來一直不曾發達，晚年出任著作郎。這種失意不同於懷才不遇的牢騷和憤激，而是一種頹喪和無奈。

所以，他看中其貌不揚、萎縮枯老的矮松，作〈竹林寺矮松〉詩，先描摹矮松的形狀，「聯拳縮爪股，氣屈不得伸。臥枝老無力，支撐藉樵薪。無風自悲吟，失水固不神」，然後發一通並不新穎的議論，「安知才不才，禍福了已分……豈知無用資，千歲保其真」，此論只是莊子「散木」說的重複，以不才為才，以無用為用，其真正用意在於最後所表露出來的對矮松的鍾愛之情，「我亦愛奇節，歲晏守賤貧。他時來此伴，露頂掛葛巾」，他要脫去官服，與矮松貧賤相伴，其中有以矮松自喻的意味。「露頂掛葛巾」的詩人形象與這矮松很相似。四十七歲那年除夕夜，他沒有一絲一毫的節日歡樂，作詩說：「殊方節物老堪驚，病怯諸鄰爆竹聲。梨栗異時鄉國夢，琴書此夕故人情。眼看歷日悲存歿，淚濺屠蘇憶弟兄。白發明朝四十七，又隨春草一番生。」（〈除夜〉）老病衰弱，漂泊他鄉，如同他所寫的矮松一般，蜷縮一角，畏懼爆竹聲以及它所代表的熱鬧與歡樂，似乎心灰意冷，進入了人生的暮年。他遊覽唐代進士競相題名，凝聚著名譽榮耀的慈恩寺塔，也沒有羡慕，沒有眼熱，只是冷眼旁觀，別有一番與眾不同的感受，「慈恩石刻半公卿，時遇聞人為指名。龍虎榜中休著眼，一篇俚賦誤平生」（〈慈恩寺塔〉），那種世俗的熱鬧顯貴在他看來，恰恰是人生的誤區。當然，這種認識未必根源於深厚的佛道思想，不排除失意之人以葡葡為酸的心態和矯情偽飾的成分，但是，從現存詩歌來看，酈權確實將視線從龍虎榜上、功名場上移開，投向淳樸的鄉村、優美的山水，一邊創作一些很不錯的寫景詩，一邊寄寓安放他那顆未能很好地融入官場的心靈。

酈權的寫景詩大致有兩類。一類格調清新明快，筆法輕巧，可能是他早期所作。〈郊行〉二首可為代表：

十里修篁翠拂天，青田漠漠水濺濺。
高林忽斷驚回首，不覺奇峰墮眼前。

溪橋納納馬蹄輕，竹里人家犬吠聲。
行盡灘光溪路黑，隔林燈火夜深明。

第一首詩人陶醉於大片翠竹拂天、青田碧水的秀麗風光，而忽然竹林中斷，眼前突現一座奇峰，彷佛從天而降，讓詩人驚訝萬端，本能地回首來路，看個究竟。這一景象與陸游

「山重水複疑無路，柳暗花明又一村」恰好相反，陸詩懷疑無路時而突現豁然開朗的境界，酈詩在道路通暢時突然奇峰擋道，二者可謂異曲同工，均為佳作，都寫出了途中出人意表的經歷與感受，富有奇趣，可惜酈詩聲名不彰，遠不及陸詩顯赫，詩歌的沉顯、境遇之不公實在難以預料。第二首體物更加細微，極其準確地寫出詩人行於陰天夜晚的真切感受。雨後河畔，溪橋濡濕柔軟，所以馬蹄顯得很輕便。郊外寧靜，只有竹林中的人家有幾聲犬吠。天色黑暗，只有河灘邊有些河水折射的微弱光線，而走盡灘邊小路，灘光消失，道路更加黑暗，只有遠處樹林外的燈火明亮可見。後兩句很明顯受到杜甫「野徑雲俱黑，江船火獨明」的啟發，用一點明亮反襯籠罩四野的黑暗，而對「灘光」的發現和描寫最具匠心，值得稱道。可惜這類佳作長期埋沒於塵土中，鮮為人知。類似的作品還有〈八渡崖〉，寫八渡溪水的奇麗景觀，結尾兩句想像優雅別緻，「安得剩栽溪上竹，一庵領盡兩山幽」，在溪畔再栽些翠竹，在山巔再築一小庵，以之聚集統領兩座山的風光與靈氣，如此想像，既瀟灑風流，又道出了人文建築在自然山水中的妙用，人與自然的精神契合。

酈權另一類寫景詩荒寒古淡，大概是他後期所作，所寫景象多是斷橋古道、瘦藤荒畦。

「漫留詩句懶題名」的酈權，最終還是留下了他的詩名，因為只要有詩歌存在，不論他本人重視與否，後人自有公論。

「視千古而無愧」的大金通才

楊雲翼（一一七二—一二二八年）在金末聲名很大，地位很高，這主要得力於他多方面的才能。當時他就被人視為「通才」。

政治上，楊雲翼官運亨通，仕途顯赫，章宗明昌五年（一一九四年）考中經義進士第一名，後又考中詞賦進士，歷任太學博士、禮部尚書、翰林學士等要職，晚年拜相呼聲很高，只因患風疾，腿腳不便，未能入相。為政幹練，處事周詳，在許多重大事件方面，能從大局出發，將自己的榮辱得失置之度外，敢於明辨是非，多有建樹。如宣宗貞祐年間，金朝連年南伐宋朝，傷亡慘重，朝廷上下自進士至宰相，對其他事情都能說三道四，唯獨對南伐之事，避而不談，因為一旦反對南伐，要麼被說成是送土地給南宋，要麼被說成是私通宋國，此等嫌疑，非同小可，誰能不怕？只有楊雲翼挺身而出，上疏朝廷，力言「宋不可伐」。他先一針見血地指出金國伐宋的真實用心，不是貪求其土地，而是害怕「西北有警，而南又綴之，則三面受敵矣，故欲我師乘勢先動，以阻其進」，然後分析即使南伐獲勝也不能阻止南宋的反攻，不能實現南伐的目的，更何況今非昔比，沒有必勝的把握，倘若失敗，後果更不堪設想。可惜楊雲翼這番精闢的見解未能讓宣宗回心轉意，宣宗仍然派遣時全南伐，結果不幸被楊雲翼言中，時全幾乎全軍覆滅。這下子宣宗後悔不迭，一面斥責那些主戰派的將領，一面自覺丟臉，不好意思起來：「當使我何面目見楊雲翼耶？」（《金史・楊雲翼傳》）

學問上，楊雲翼於三教九流，無不通曉，上至正統儒家經傳，下至天文曆法、醫藥算術，都能名家。他兼任了二十多年的提點司天臺的職務，這絕不是外行領導內行的虛銜，而是名副其實的天文專家。有史實表明，當時某些專家長期不能解決的問題，他能一語道破癥結。宣宗興定三年（一二一九年）夏秋間，在修築京師子城時，很多人生病，他能親自為人治病。算術方面，他著有《句股機要》一書。他更有一手好文章，當時與趙秉文齊名，是金末的文壇領袖。

為人方面，楊雲翼嚴於律己，寬以待人，與人一旦定交，就不為生死禍福所動搖。加上他執掌貢舉三十年，門生半天下，所以頗得人緣，深得時人的好評。元好問盛讚其「才量之充實，道念之醇正，政術之簡裁，言論之詳盡」，「視千古而無愧」（《遺山集》卷十八〈內相文獻楊公神道碑銘〉），還說他是「終始無玷缺」的「完人」（《中州集》卷八）。時人趙思文也極稱他「海內文章選，人中道德師」（〈吊同年楊禮部之美〉）。

但是，元好問等人所說的「文章」，主要是指那些高文大冊，而不是詩文創作。楊雲翼的文學成就，遠不及其政功和學問，在金代他只是個較普通的詩人，「視千古而無愧」主要指其政績而言。在他的詩歌中，他的那首贈趙秉文使夏的詩歌曾流傳一時，為他贏得了不小的詩名。

金哀宗正大年間，蒙古入侵夏國，傳聞夏國國王憂懼而死，需要另立新主。金朝要派人去夏國，代表朝廷冊封新主，大家都知道，這是個美差，因為夏國國主肯定要厚贈使者。翰林學士趙秉文德高望重，榮膺此任。趙秉文向來清貧，朝中大臣們一致認為，趙秉文此行將大發其財，一舉暴富。誰知天有不測風雲，人有旦夕禍福，等他快到夏國邊界的時候，朝廷突然改變了主意，不再冊封夏國的君主，準備派驛卒飛馬將趙秉文追回。這樣一來，趙秉文那眼看就要到手的鴨子飛了。在驛卒出發之前，身為禮部尚書的楊雲翼召來驛卒，交給他厚厚一封書信。這封信封印嚴密，封了一層又一層，楊雲翼還特意囑咐驛卒，一定要交給趙秉文本人，由他親自拆開。

驛卒追上趙秉文，先交上省部的符印，要他回朝，然後告訴他，還有一封禮部密封的書信。趙秉文非常驚訝疑惑，因為此事與禮部無甚關係，禮部如此鄭重其事，究竟為什麼？趙秉文滿腹狐疑地拆開書信，打開一看，原來是楊雲翼的一首詩歌：

中朝人物翰林才，金節煌煌使夏臺。
馬上逢人唾珠玉，筆頭到處灑瓊瑰。
三封書貸揚州命，半夜碑轟薦福雷。
自古書生多薄命，滿頭風雪卻回來。

趙秉文讀後，不禁撫掌大笑。詩歌前四句，是著力想像趙秉文出使夏國的風光自得，說他是朝中資深的翰林學士，傑出的人才，帶著金國的使節，充當榮耀的使者。一路暢快，賦詩作文，揮毫潑墨，充分展示其詩人和書法家的才華。這種得意，有對此次出使夏國的厚望。但後四句急轉而下，寫其美夢化為泡影，其中絕妙的是「三封書貸揚州命，半夜碑轟薦福雷」兩句所用的典故。

據說，范仲淹在鄱陽做官時，有一位書生送些詩作給他看，詩歌寫得很不錯，范仲淹誇獎一番，而這位書生向范仲淹訴苦，說他很窮，平生從來沒有吃飽過，並聲稱他是天下最餓的詩人。詩歌不能當飯吃，寫得再好，又有何用？聽了這番訴說，范仲淹不禁為之動容。如此有才的詩人，竟然如此可憐，怎不令他大動惻隱之心！范仲淹決定幫助他徹底解決貧困及饑餓問題。當時，社會上非常盛行歐陽詢的書法，而在鄱陽境內就有歐陽詢手書的〈薦福碑〉，每幅拓本都價值千錢，范仲淹打算為他打製上千幅拓本，讓他到京城出賣。所需紙墨全部準備停當，不料，就在這緊要關頭，這天夜晚，一聲霹靂擊碎了〈薦福碑〉，也擊碎了這位書生的頓頓飽食夢。當時人們因此編了句順口溜，說「有客打碑來薦福，無人騎鶴上揚州」，將書生的窮命與騎鶴下揚州的富貴命相對比，加以調侃。蘇軾也藉此嘲笑窮酸文人，「一夕雷轟薦福碑」。

楊雲翼藉這個典故調侃趙秉文，是說他的這封信喚走了趙秉文的富貴命，原以為能使他富足起來的薦福碑突然倒了，不存在了。自古以來書生就是窮命，你趙秉文也不能例外，本以為能有一大筆外快，結果還是兩手空空、一頭白髮地回來了。這種善意的調侃，既肯定了趙秉文的才華，又捅破了趙秉文的心理期待以及落空以後的失望之情；既有理解，又有勸慰；既形象，又幽默，所以「朝野喧傳，以為笑談」（《歸潛志》卷九）。楊雲翼的其他詩歌比較平常，寫得工練平穩，特色不夠鮮明。自稱為「門下士」的元好問，在楊雲翼的墓碑中對他推崇備至，唯獨對其詩歌不加評論，想必是為他藏拙吧！

官止五品、詩才極品的劉昂

金代有兩位詩人叫劉昂，「官止五品」的劉昂字之昂，興州人，還有一位時代稍後、成就略低的劉昂，人稱小劉昂，字次霄。此處所談專指前者。

劉昂出生於科舉世家，在他以前，他家祖宗已連續七世考中科名。他生來聰穎超人，秉承家族傳統，不僅保持不敗，輕而易舉掌握了科舉考試的規律，一舉摘取科舉桂冠，考中了大定十九年（一一七九年）的進士，而且還能錦上添花，他所作的律賦「自成一家，輕便巧麗」，特別適合科舉考試，被許多舉子們所效法，被稱為「場屋捷法」（《中州集》卷四）。這更加擴大了他的家族聲名。對他這種人來說，科舉考試不過是個雕蟲小技而已。

當然，劉昂不止是個考試專家，否則他只能是編纂考試指南、輔導考生的教師爺，不可能留名後世。他有著多方面的傑出才能。在令人羨慕的年齡，就步入仕途，先擔任尚書省令史這一職務，三十三歲那年任滿後，升任平涼路轉運副使，似乎前途無量，人們也普遍看好他，認為他很快就能平步青雲，坐上卿相的寶座。唯有一位相命的術士，別具隻眼，斷言他這一生「官止五品」。此時，劉昂正春風得意，對自己的前途充滿信心，視術士此語為一派胡言，根本不相信。不久，他母親去世，他回家守孝，服孝期滿，就被一些當權者所嫉恨壓制，未能受到重用，在官場上原地踏步，一下子徘徊了十多年時間。這嚴重消磨了他的意志和信心，他在洛陽安下家來，情緒低沉，打算就這樣了此一生。

金章宗泰和初年，有人向章宗推薦劉昂，稱讚其才能，章宗將他召回京城，先讓他擔任五品官階的國子司業，後將他調至尚書省，擔任左司郎中。雖然還是五品官，但職權大得多，升遷的機會多得多，這一調動本身就意味著朝廷將要委以重用。於是，他再次湧動從政熱情和高度自信。但是，好景不長。泰和八年（一二〇八年），審察院掌書大中和參知政事賈鉉洩露朝廷用人機密，被人舉報揭發，劉昂不幸受牽連。章宗盛怒之下，嚴懲當事人，賈鉉貶為濟南知府，劉昂貶為上京留守判官。上京僻處東北金源內地，路途遙遠，環境惡劣，劉昂萬萬沒有料到，會遭受如此慘重的挫折。這時，他回想起術士的話，他不能不相信在冥冥之外，還有一命運的主宰，不能不相信自己「官止五品」的命。他絕望了，這一生再也不可能施展自己的才能了。心情壓抑地上路，加上旅途勞頓，最終倒在了去上京任所的路上，印證了術士的預言。

劉昂的確是個懷才不遇的詩人，但他在詩中沒有重彈懷才不遇的老調，很少直接寫懷才不遇的感慨和牢騷，而是通過比興象徵等手法，將自己的感慨暗含其中，在詩中流露出北方詩人比較少見的才情與風韻。元好問說他「作詩得晚唐體，尤工絕句，往往膾炙人口」（《中州集》卷四），主要就是這個意思。他贈給女詩人張秦娥的詩歌最能體現這一特點。

張秦娥是一才女，擅長小詩，她的〈遠山〉詩是一首上乘佳作：「秋水一抹碧，殘霞幾縷紅。水窮霞盡處，隱隱兩三峰。」以一泓碧水與幾縷殘霞相映襯，構圖簡潔，色彩鮮明，接上「水窮霞盡處，隱隱兩三峰」兩句，隱約的山峰，加強了畫面的層次感，使詩歌具有不盡的意味。後來，這位才女淪落了，漸漸不為人知。劉昂特意贈給她兩首七絕：

遠山句好畫難成，柳眼才多總是情。
今日衰顏人不識，倚爐空聽煮茶聲。

二頃山田半欲蕪，子孫零落一身孤。
寒窗昨夜蕭蕭雨，紅日花梢入夢無？

第一首以才貌出眾的過去與衰老淒清的現狀作對比，寫出了張秦娥的身世之感，寄寓了作者的讚賞、理解和同情。第二首側重寫其晚年的零落孤單，從「寒窗昨夜蕭蕭雨」這樣既賦又比的景況中，轉入對昨夜夢境的推測，「紅日花梢」這種青春麗景象徵其青春年華，以虛寫實，以昔襯今，突出了今昔盛衰之感，也同樣寄寓了同情和惋惜，因而引起了張秦娥的共鳴。張秦娥讀過這兩首贈詩後，為之傷心淚下。劉昂這兩首詩之所以能打動張秦娥，當然出於他對張的理解和尊重，還有一重要原因，就是寄寓了詩人自己的身世之感。劉昂過去的仕途是多麼的春風得意，而如今坎坷沉淪，埋沒風塵，與張秦娥的身世何其相似！

當時有個名叫李仲坦的文人參加科舉考試，未及開榜就去世了，開榜時，居然榜上有名，而且還受到特殊的恩賜。劉昂有感於斯，作〈弔李仲坦〉詩：

文章巧與世相違，身後新恩事已非。
不及萋萋原上草，一番春雨綠如衣。

詩歌妙處不在於重複人死萬事全空的道理，而在於將身後新恩官位等人間的榮譽與本來毫不相干的墳上春草相比較，自然得出前者不如後者這樣出人意料、令人深思的結論，其中可能隱藏著他自己的功名幻滅感。

他的離別詩也能保持較遠的距離，彷彿超出凡俗，但實際上反而揭示了人生的普遍現象，也能令人回味久遠。

投筆從戎的文人劉中

劉中（字正夫）是金章宗時期的傑出文人，有著不同尋常的經歷，曾經顯赫一時。

據說，他為人「短小精悍，滑稽玩世」（《中州集》卷四引《屏山故人外傳》），大概是位很有個性很有趣的人物。明昌五年（一一九四年），他考中經義、詞賦雙料進士，想必是位考試能手。在文學創作方面，對各種體裁也很在行。他的詩歌「清便可喜」，賦深得楚辭句法；最拿手的古文，自成一家，大受時人稱道，以為「典雅雄放，有韓柳氣象」。因而很多人拜他為師，向他學習寫作古文，一致尊他為劉先生。可惜他的賦和古文全部失傳。他沒有辜負時人的尊敬和弟子們的期望，還是一位名師，培養出了幾位高中榜第、揚名天下的弟子。王若虛、高法颺、張履、張雲卿等人都出自他門下，取得科名，各有成就。應該說，他是位成功的文人，但他最終投筆從戎，寫下了他一生最不平凡的篇章。

直接促使他從軍的是金章宗泰和年間的南征。金泰和六年（一二〇五年），南宋權臣韓侂胄率先撕毀金、宋紹興和議，發動北伐，打破了四十多年的和平歲月。這次戰爭於宋是收復失地，但是於金則是侵略挑釁，激起金國上下特別是女真統治集團保家衛國、反抗侵略的豪情壯志。只要讀一下「小劉昂」（字次霄）此時所作的〈上平西〉詞，就能看出當時部分金國文人的心態：

蠆鋒搖，螳臂振，舊盟寒。恃洞庭、彭蠡波瀾。天兵小試，百蹄一飲楚江乾。捷書飛上九重天，春滿長安。

舜山川，周禮樂，唐日月，漢衣冠。洗五州，妖氣關山。已平全蜀，風行何用一泥丸。有人傳喜，日邊路，都護先還。

劉昂（字次霄）對南宋的兵力極端蔑視，視之為不堪一擊的蠆鋒、螳臂，對金兵的實力以及初戰告捷無比自豪，對戰爭的前途信心百倍。全詞豪放飛動，激情澎湃，有氣吞寰宇、踏平南宋、不可一世之勢，體現了某些金國文人強烈的愛金熱情。這種氣魄與豪情絕不亞於南宋愛國詞，只是人們常被眾多南宋愛國詞所吸引，常常立足於南宋，作所謂的「正統觀」，忽視了北方文人的這種感情，顯然這是只見其一，不知其二。劉中正是出於這種感情，才毅然棄文從軍，報效國家。據載，他隨軍南伐過程中，積極為主帥出謀劃策，常常參與軍事祕密的制定和實施，深得主帥的倚重。當然，他發揮了他的文學特長，包攬所在軍隊各種軍事文書的撰寫，上自機密公文、戰鬥檄文，下至街頭告示，一般通知。毫無疑問，他的文采一定能鼓舞人心，為泰和南征增色壯威。只是劉中的大手筆，在現存的文獻中已無法辨別，直接署劉中之名的文章一篇也沒有。

泰和南征中，劉中很明顯立下了軍功。回朝後，被提拔為右司都事，將委以重用，但命運不佳，不久劉中便去世，文武全才的他最終未能盡其才。

作為一位傑出的文人，劉中一生寫下了大量的詩文，有一部未能刊行的文集藏之於家。周昂曾評價劉中與王若虛、李純甫三人的文章，說劉文「可敬」，王文「可愛」，李文「可畏」，三人都是「人豪」（《中州集》卷四）。但至金末為他作傳的李純甫就說，他的文字全部散失不傳。現在能看到的只有兩首詩歌。一首為金國宗室、丞相完顏守貞所作。完顏守貞號冷岩，被公認為女真族宰相中最賢能的宰相，為人正直，敢於直言是非，喜歡結交漢族士人，提攜幫助過一些漢族士人，能得漢族士人之心。明昌六年（一一九五年），他因為直言被貶，出守東京（今遼寧遼陽），回到家鄉一帶，周昂作〈冷岩行賦冷岩相公所居〉，來歌頌其德行。劉中的〈冷岩公柳溪〉可能也作於此前後：

斗印輕拋系肘金，故園風物動歸心。
柳含煙翠絲千尺，水寫天容玉一尋。
山色只於閒裡好，風波不似向來深。
人間桃李栽培滿，換得溪南十畝陰。

首聯寫他棄官回鄉，不說被貶官，彷彿他是為家鄉風物所動，主動拋開斗印，這就顯得瀟灑許多。頷聯承接前句，寫「故園風物」，也是點題，突出柳樹、溪水如何優美。頸聯想像完顏守貞退官後擺脫是非，更能領略山水風光的妙處。尾聯呼應首聯，寫其歸隱。「人間桃李栽培滿」，他曾援引提拔過許多文人，栽培了不少弟子，這是他的功績。如今，離開朝廷，「換得溪南十畝陰」，以「換」字巧妙轉換，將桃李與柳陰相對應，寫出了他功成身退的超然自得。全詩不用一個典故，寫景與比興相結合，節奏明快，別具韻味。另一首詩題為〈龍門石佛〉：

鑿破蒼崖已失真，又添行客眼中塵。
請君看取他山石，不費工夫總法身。

這是觀看鑿山造佛的即興之作。龍門石佛，雕鑿不易，在他看來，鑿破青山來雕鑿石佛，不僅不符合佛的真諦，而且還會適得其反，會迷惑信徒們的眼睛，看不清世界的真實面目，認為龍門石佛不如其他地方，其他地方不費工夫就能造就法身。他的這種奇特觀點是對世俗造佛運動以及對佛教信仰的懷疑，當然這種懷疑是不徹底的。他畢竟不是無神論者。

敦龐一古儒，風采自名臣

蕭貢（一一六二—一二二三年）是金代中後期與漢代蕭何、金初蔡珪並稱的顯要官員和著名文人，其文采風流，照映一時。

蕭貢少年得志，大定二十二年（一一八二年），正值弱冠之齡，就考中進士，而且還有「名進士」（《歸潛志》卷四）之美譽。仕途更是一帆風順。在擔任鎮戎州判官、涇陽令、涇州觀察推官之後，被召入京城，任命為尚書省令史。按照慣例，先要試用兩月，然後根據情況再決定是否正式錄用。而蕭貢試用沒有幾天，就受到其上司的一致賞識和高度評價，便直接進入尚書省這個大衙門。上司發現他能力極強，不到四五個月時間，將他破格提拔為監察御史。不久，提刑司又上疏表彰他在涇州觀察推官任上的突出政績，於是，他又升為北京轉運副使。他的春風得意還不止這些，在其傑出的吏治才能之外，左丞相董師中、右丞相楊伯通舉薦他的文學才華，因此，他又被任命為翰林學士，真是一順百順。

父親去世，他回家盡孝，一度離開官場，但這也未能中斷他如日中天的官運，很快又步步高升，再度輝煌，他被調任右司員外郎、右司郎中、國子祭酒兼太常少卿。金章宗泰和年間，他主持修撰《泰和律令》，體現出他在法律方面的過人天賦。他所撰的每條每款，都委曲周詳，特別切合金章宗的心意，贏得章宗的大力褒揚和讚嘆。金章宗曾得意地宣布：「漢有蕭相國，我有蕭貢，刑獄吾不憂矣。」（《中州集》卷五）。出自皇帝之口，將他喻之為漢代名相蕭何，這是何等的榮耀！蕭貢還倡議建立法律辯護制度，對那些已經定罪的犯人，允許其親屬申辯，以減少冤假錯案，此舉得到朝廷的同意，深得人心。法律上的這些建樹，使得他很快又坐上刑部侍郎的交椅。在向皇帝謝恩時，他特意表態說：「臣願因是官廣陛下好生之德。」引得龍顏大悅。隨後，蕭貢果然平反了許多冤假錯案。因其政績卓著，連連高升，歷同知大興府事、德州防禦使、御史中丞等職，最終以戶部尚書的身份退休。一生雖有兩次小小的過失，但因為他的地位和成就，都被忽略不計，免予追究。

與其顯赫的官運一起引人注目的，還有他那超乎尋常的博學多才。據說，他特別「好學，讀書至老不倦」（《金史．蕭貢傳》），著有《注史記》一百卷、《公論》二十卷、《五聲姓譜》五卷、《文集》十卷等多種著作。在大紅大紫的仕途中，在繁忙的公務之餘，能有這麼多的著述，相當不容易，不僅體現出令人欽佩的學識毅力，還表明他不只是一個達官顯宦，更是一位令人尊敬的、很有學養和成就的大文人。正因為有此二者，幾十年後，元好問將他與蔡珪等人並列，曾深情地追憶青年時期對他的景仰之情，說他的「名德雅望，朝臣無出其右」，說他是「敦龐一古儒，風采自名臣」（〈蕭齋並引〉）。這兩句話很好地概括了他一生中兩個重要方面，可以作為他的定評。但是，時間無情，與蕭貢的政績一樣，他的「古儒」形象已變得模糊不清了。那麼多的著作，竟無一部傳世，其學問究竟如何，已不得而知了。劉祁說他數萬字的《公論》，「評古人成敗得失，甚有理」（《歸潛志》卷四），當非虛語。

在蕭貢的一生中，「古儒」、「名臣」的身份之外，作家或者詩人的頭銜，大概只能算是他的第三職業，不是他的主要成就所在。也許因為這一點，極為推崇他的元好問沒有正面評價其詩文。看來，他的文學家的牌子遠不如前兩者響亮。

他的文章現僅存一篇〈京兆府涇陽縣重修北極宮碑〉，寫於大定二十七年（一一八七年）任涇陽縣令期間。該文先略考北極宮之由來，識見宏通可信，可見出他博學善辯的功夫。接著記敘道士李居實修繕之功及求記之請，趁機辨明金石碑傳之類不足恃，不足以傳之久遠。行文老練流暢，以見解取勝，不以文采見長，這也許是他文章的特點之一。

他的詩歌全賴元好問《中州集》，得以保存了三十二首。畢竟是有涵養的文人，蕭貢在現存的詩中從未流露官場輕狂得意之態。倒是不時表現在仕途奔波中的見聞及感慨。他作為上級長官，經常往返各地，督察部屬，途中寫出了「一年樂事能多少，強半光陰馬上消」（〈按部道中〉）的詩句，流露出時光流逝的惆悵。

當然，蕭貢在宦遊途中也像其他詩人一樣，寫下一些寫景詩。如〈靈石縣〉寫當地（今山西靈石）風光，其中「澗近雲長潤，山高日易沉」兩句體現出作者細緻的觀察功夫和出色的表達能力。〈日觀峰〉描寫泰山日出，「半夜東風攪鄧林，三山銀闕杳沉沉。洪波萬里兼天湧，一點金烏出海心」，也是一篇佳作。

蕭貢還有一首戲作，題為〈楊侯畫晉公臨江賞梅，樂天與鳥窠禪師泛舟談玄，不顧而去，戲為一絕，以代晉公招樂天同飲云〉，寫得較為風趣：

明妝冷蕊雨清新，面纈浮光數爵頻。
抆拭風前寒鼻液，快來同醉雪中春。

首句寫梅花，次句寫對梅飲酒，第三句勸白居易，其情其景因不雅觀而前人很少入詩，可是一旦寫進詩歌，便顯得生動有趣，結句「同醉雪中春」，很美，很有詩意，與第三句恰成對照，增加了這首詩的幽默感。

此外，蕭貢對金代文學的發展有過準確的概括，提出了「國朝文派」這一概念。他認為，金初宇文虛中、蔡松年、吳激等自宋入金的文人雖然都是「豪傑之士」，卓有成就，但都是「宋儒，難以國朝文派論之」。國朝文派應該以蔡松年之子蔡珪為「正傳之宗」，黨懷英、趙秉文等人為代表（見《中州集》卷一）。此論強調的是金國文學不同於宋國的特徵，得到元好問等人的贊成。

遼東有名士，詩畫屬龐鑄

龐鑄字才卿，號默翁，遼東人，一說大興（今北京大興）人。他出身顯貴，明昌五年（一一九四年）進士，少年得志之人。金國遷都汴京之後，先後擔任翰林學士、戶部侍郎，因出遊女真貴戚人家，被出守東平（今山東東平），晚年任京兆路轉運使。他的官運雖算不上多顯赫，但他多才多藝，博學能文，工書善畫，以此贏得「名士」之稱。史學的〈默翁溪山橫幅〉更將之視為天上的仙人，「五雲雛鳳下遼天，來作金鑾翰墨仙」；並對他極為懷念，「短草疏林秋一幅，典刑人物記當年」。

作為一名書畫家，他題寫書畫的詩作格外引人注目，在現存二十首詩中，多達七首，其中為田琢（字器之）所畫的〈燕子圖〉及題詩〈田器之燕子圖〉最為著名，趙秉文、楊雲翼、李獻能、元好問等十多人紛紛為之賦詩。

田琢與龐鑄同一年考中進士，兩年後（一一九六年），他投筆從戎，去了塞外戰場。這年春末，突然飛來兩隻燕子，在他的屋梁上築巢安家，給荒漠帶來幾分春意，給田琢帶來幾分喜悅。但當地百姓從未見過來自南方的春燕，一再要捕殺它們，田琢多方保護，終於使它們免遭不幸。他像對待客人似的，殷勤地照料它們，在它們早出晚歸時，他都打開門戶，接送它們。燕子似乎也心領神會，以其輕盈的舞姿和悅耳的歌聲，與田琢形成一種默契。雙方感情漸漸深厚起來。有一天，這兩隻燕子忽然飛上了田琢的座位，毫無畏懼，大大方方地交談了好一會，像是對田琢在說些什麼。這時，田琢才想起來，明天就是秋社（在秋分前後），天氣已經寒冷，燕子就要回南方了，現在肯定是在向我訴說離情別意。燕子有情，田琢當然不會無動於衷，遂作詩一首，贈給燕子。詩云：

幾年塞外歷崎危，誰謂烏衣亦此飛。
朝向蘆陂知有為，暮投第舍重相依。
君憐我處頻迎語，我意君時不掩扉。
明日西風悲鼓角，君應先去我何歸。

前幾句敘述他與燕子在塞外的這場交往及相知相得之情，結尾兩句是感慨自己不如燕子，不知道何時才能回去。寫好後，田琢用小字抄寫在一張紙片上，然後製成一蠟丸，繫在燕子的腳上，為燕子送行。

第二年四月，田琢也自塞外回來了。八年後，也就是金章宗泰和四年（一二〇四年），田琢調任潞州（今山西長治）觀察判官。四月十二日，他偶然來到公廨中的含翠堂，不一會兒，飛來兩隻燕子，一隻落在屋簷和窗戶間，另一隻飛上硯屏，一唱一和，叫個不停。田琢仔細一看，居然在燕子的腳上發現一個蠟丸。他斷定，一定是當年在塞外相遇的那兩隻燕子，一定是來看望他的。田琢為之感動不已，燕子如此重情，這麼多年來，相隔那麼遙遠，它們還有靈性，還記得他，來看望他，怎不令他動情？為此，他特意請龐鑄畫了幅〈燕子圖〉，龐鑄也為之感動，作過〈燕子圖〉之後，又作了首很長的〈田器之燕子圖〉詩歌。詩中鋪敘這段奇聞，結尾是從中獲得的啟示，聯想到人世的交情：「天生萬物禽最微，固耶偶耶吾不知。古道益遠交情醨，朝恩暮怨雲遷移。當時握手悲別離，一旦富貴棄如遺。聞予燕歌應自疑，慎無示之嗔我譏。」

這件事很快傳開，成為一時佳話，當時的一流詩人都出手題詩，儘管它有些荒誕不經，未必可靠，但是人們還是寧願信其真，相信鳥通人性，相信人鳥之間能有美好因緣、美好感情，就像傳說中的人鷗之盟一樣。這個故事並未就此結束，幾十年後，又出了新篇。田器之的〈燕子圖詩〉與許多其他詩歌及文獻一樣，在金末戰火中失傳，蒙古太宗十一年（一二三九年）七月，元好問意外地獲得了此詩手稿，此時恰好遇上田器之的兒子田仲新，〈燕子圖詩〉遂能物歸原主。如此巧合，更增加了故事的傳奇性，不得不令人懷疑小小燕子真有神物護持。七年後，元好問題詩，還說「休驚燕子詩留在，化鶴歸來未可知」（〈益都宣撫田器之燕子詩傳本〉）。

龐鑄的題畫詩，就名聲而言，〈田器之燕子圖〉可能是較大的；但如果就質量而言，當首推〈雪谷曉裝圖〉。該圖出自金代著名畫家楊邦基之手。楊邦基字德茂，號息軒，天眷二年（一一三九年）進士，仕至祕書監、禮部尚書，他的畫在當時與北宋畫家李公麟齊名。《金史》卷九十有傳。〈雪谷曉裝圖〉是他的名畫。趙秉文等人都有題詩。龐鑄的題詩非常出色：

溪流咽咽山昏昏，前山後山同一雲。
天公談笑玉雪噴，散為花蕊白紛紛。

詩翁瘦馬之何許，忍凍吟詩太清古。
老奴寒縮私自語，作奴莫比詩奴苦。
木僵石老鳥不飛，山路益深詩益奇。
老奴忍笑憐翁癡，不知嗜好乃爾為。
楊侯胸中富丘壑，醉裡筆端驅雪落。
因何不把此詩翁，畫向草堂深處著。

畫面上，是一位詩翁騎著瘦馬帶著老奴在雪地裡邊走邊吟詩。龐鑄據此加以再創造。前四句寫漫天大雪的景象：地面溪流不暢，山色昏暗，為大片雲彩所覆蓋。「天公」兩句想像出奇，將常見的下雪天氣說成是天公在談笑間，玉雪噴發，散落為紛紛揚揚的雪花，很壯觀，也很有浪漫詩意。中間八句，交錯描寫詩翁與老奴，兩相對照，彷彿是交談似的，一寫詩翁的苦吟，一寫老奴的嘲笑不解，特別是關於老奴心理活動的想像，生動有趣：詩翁不顧路途，不顧嚴寒，苦苦吟詩，沉迷其中，一旁的老奴對此很不理解，縮著身子，暗自嘀咕著，做奴隸，千萬不要做詩歌的奴隸，因為像他主人這樣的詩奴實在太苦，還不如我老奴輕鬆自在。此時，詩翁完全意識不到老奴的自言自語，還在繼續吟詩，在連鳥兒也不飛的寒冷天氣中，越走越遠，越吟越奇，越吟越自得。老奴強忍住笑聲，暗笑他作詩如此癡迷。最後四句轉向畫家，稱讚其繪畫才華，問他為什麼不把詩翁畫在屋內？全詩造語奇健不凡，幽默詼諧。對楊邦基的原作既有忠實的描繪，又有精彩的想像、形象生動的描寫和善意的調侃，是一首難得的題畫詩佳作，不愧為名士的手筆。後來，元好問也有幾首題詩，分別題作〈息軒楊祕監雪行圖〉、〈楊祕監雪谷蚤行圖〉和〈雪谷蚤行圖二章〉，所題應是同一幅畫，其中第一首詩說，「長路單衣怨僕僮，無人說向息軒翁。長安多少貂裘客，偏畫書生著雪中」，這很明顯受到龐鑄題詩的啟發，尤其是末句與龐詩如出一轍。

此外，龐鑄的小詩也有許多可圈可點之處，像「牛羊成晚景，砧杵助秋聲」（〈晚秋登城樓二首〉）、「花能紅處白，月共冷時香」（〈梨花〉）、「鳥語竹陰密，雨聲荷葉香」（〈喜夏〉），這些詩句都很工致。

別具詩眼的盲才子趙元

趙元是位不幸的詩人，他生逢金末動亂不寧的歲月，外加自己體弱多病，雙目失明，所以，他的不幸又比別人多了一層。

趙元一名宜祿，字宜之，號愚軒，忻州定襄（今山西定襄）人，與元好問算是同鄉，而且是世交。天資聰明，幼年參加經童考試，考試及第，長大後，卻未能考中進士。只因為年資等因素而走上仕途，調任鞏西簿。據說，他為人有才幹，處事詳雅，失明前也是意氣風發的有志青年。但遺憾的是，不久他就雙目失明，不得不離開了官場。這對他是個重大打擊，使得他痛苦不堪，無所事事。多年後，有詩追述此事：「少從白衫遊，氣與山崢嶸。一念墮文字，腸腹期拄撐。多機天所災，室暗燈不熒。拈書枕頭睡，鼻息春雷鳴。泰山與鴻毛，何者為重輕。踣泓與浟瀣，誰能較虧盈。如能平其心，一切當自平。」（〈書懷繼元北弟裕之韻四首〉）從中仍可以見出他相當自負、相當痛苦的心情。

無奈之下，他將所有的精力全部傾注在詩歌創作中。他憑著早年飽讀經傳詩書的積累以及牢固的記憶力，憑著他的詩心與毅力，寫出了許多深受時人好評的詩歌，泰和以後（一二〇一—一二〇八年）詩名鵲起。金朝南渡（一二一四年）後，他在洛西一帶（今河南西部一帶）山中避亂，與趙秉文、李純甫、元好問、雷淵、崔遵等名流交往，受到他們的尊重。

趙元的詩歌讓人不時地意識到他是位盲人。對月起舞，他難以邁開舞步，「得酒邀月來，對影空自憐。攝衣起欲舞，稚子不須牽」（〈書懷繼元弟裕之韻四首〉）；樹下乘涼，他要麼依靠別人，「愛此夏日永，門巷多繁陰。呼兒具繩床，不履亦不簪」（〈村居夏日〉），要麼暗自摸索，「綠陰何處，旋旋移床」（〈行香子〉）。這一切都是真實的。他不是念念不忘，刻意表現，更不是展覽傷疤，尋求憐憫。但是，如果我們只一味地欣賞「移床就綠陰，意趣尤生動可喜」（《蕙風詞話》卷三），忘記了這是出自盲人的無奈，那就無異於觀賞病態，無異於說自己缺少一些仁愛情懷和同情心。

生活上的不便，弄得他異常沮喪，「半生枉卻親燈火，一事不成空白頭」（〈學稼〉）、「老懶愚軒百不能，飽諳人意冷冰冰」（〈寄裕之二首〉）。可貴的是，趙元能超越個人的不幸，能更多地表現時代的災難、人民的創傷。蒙古入侵，他深受戰爭流離之苦，感到人生還不如沙鷗，「忘機羨煞沙鷗好，不省人間有戰爭」（〈渡洛口〉）。忻州淪陷，十餘萬人被殺，慘絕人寰，官方不加安撫，反而又驅民修復城池，雪上加霜，百姓苦不堪言。趙元在逃亡途中，「聞哀嘆聲」，沉痛地寫下了〈修城去〉一詩。他指出，過去老百姓不惜代價大修城池，官方卻無力把守，不堪一擊，致使「傾城十萬口，屠滅無移時。敵兵出境已逾月，風吹未乾城下血」。城破人亡，倖存者再去修城，還有什麼意義？「百死之餘能幾人，鞭背驅行補城缺。修城去，相對泣，一身赴役家無食。城根運土到城頭，補城殘缺終何益？」這不僅記錄了蒙古入侵者的血腥罪行，也抨擊了金國統治者的殘忍無道，寄寓了對百姓的深切同情。

南渡後，生活日益艱辛，他和家人不得不以種田為生，「有子罷讀書，求種山間田」，「西疇將有事，老農真吾師」（〈書懷繼元弟裕之韻四首〉），「墾田聊作下農夫」（〈學稼〉），他對下層人民的疾苦有很深的體會。「近日愚軒睡眠少，打門時復有追胥」（〈學稼〉）。有了這種親身體驗，他的詩歌寫得感人至深。

由於他的不幸，由於他的詩歌，他贏得了人們很多的同情、安慰、欽佩和稱讚。在所有贈詩中，人們幾乎無一例外地將他的詩歌與他的失明聯繫起來。李純甫（號屏山居士）的贈詩〈趙宜之愚軒〉最為著名。該詩出語奇險，後半部分結合其失明來竭力稱讚趙元的詩歌才華：「先生有膽乃許大，落筆突兀無黃初。軒昂學古澹，家法出〈關雎〉。暗中摸索出奇語，字字不減瓊瑤琚。神憎鬼妒天公怚，戲將片雲翳玄珠。九竅鑿開混沌死，罔象未必輸離朱。靜掃空花萬病除，一片古心含太虛。屏山有眼不如無，安得恰似愚軒愚？安得恰似愚軒愚？」彷彿他的失明是天公和神鬼嫉妒他的才華，彷彿失明成就了他的詩歌，彷彿有眼睛的李純甫反倒羨慕沒有眼睛的趙元，其實這些只是出於安慰而故作的詭譎之辭。金末劉祁說，李純甫喜歡獎掖後進，「然頗輕許可」（《歸潛志》卷八），經常說些過頭話。這首詩大概也有此病，其中比較準確的是「軒昂學古澹，家法出〈關雎〉。暗中摸索出奇語，字字不減瓊瑤琚」這幾句，符合趙元的詩學淵源和創作方式方面的特徵。

元好問與趙元交往密切，他的贈詩〈愚軒為趙宜之賦〉構思立意與李純甫有些相近，說「先生真是有道者，老境一愚聊相送。五官止廢而神行，就令有眼將無用」，也是肯定他失明後達到了常人所不能企及的境界，「就令有眼將無用」云云，是不得已的安慰之辭。在另一首詩中，元好問特別指出，趙元與眾不同，雖是盲人，但是，「愚軒具詩眼，論文貴天然」（〈繼愚軒和黨承旨雪詩四首〉），好像趙元的失明造就了他詩學上的別具慧眼。他的另一位詩友辛願贈詩給他，也將他的才名與眼病聯繫起來，說「鬼戲多年病，人高四海名」

和「光陰連病枕，天地一愚軒」（〈贈趙宜之〉）。總之，他的名聲是與他的不幸緊密聯繫在一起的。

古代少數民族的傑出詩人

完顏壽孫不僅是金代女真族的代表性詩人，也是中國古代少數民族的代表性詩人。在完顏壽孫的作品中，首先引起我們注意的，是那些抒寫民族感情、表達民族意識的作品。它們的價值，在於為我們多民族國家文學史的內容提供了某些令人耳目一新的東西，開拓和擴展了文學描寫對象的領域。

完顏壽孫的詩詞均以漢文寫作，這不僅有所存作品可以為證，而且在目前能夠看到的文獻材料中也找不到詩人曾以女真文字進行創作的記載。完顏壽孫作為宗室中的一位女真貴族，所以樂於運用漢文，除了風氣使然以外，恐怕也由於「女直字創製日近，義理未如漢字深奧」（金世宗語，見《金史》卷五十一、志第三十二〈選舉一〉）。不過總的看來，女真族「奮起一方，遂有天下」（趙翼《廿二史札記》語）以後，儘管民族地域、民族語言相應地發生了某些改變，然而民族意識、民族感情依然存在。

完顏壽孫作為女真貴族，無論對漢文化傳統如何偏愛，仍然受到本民族內向凝聚力的制約。詩人沒有數典忘祖，因而始終記掛著白山黑水的故鄉。我們從他的一部分作品中，可以清楚地看到詩人對故土的深切眷戀。比如作於貞祐南渡（一二一四年）以後的〈梁園〉一詩：

一十八里汴堤柳，三十六橋梁苑花。
縱使風光都似舊，北人見了也思家。

在昔日漢梁孝王營築而用以遊賞延賓的雅盛之地，完顏壽孫不能像唐代詩人李白「醉舞梁園夜，行歌泗水春」（杜甫〈寄李十二白〉）那樣放浪形骸，不管汴京的景色如何迷人，也沖淡不了北人思念家鄉的感情。又如〈思歸〉：

四時唯覺漏聲長，幾度吟殘蠟燼釭。
驚夢故人風動竹，催春羯鼓雨敲窗。

新詩淡似鵝黃酒，歸思濃如鴨綠江。
遙想翠雲亭下水，滿陂青草鷺鷥雙。

鴨綠江，金時隸婆速府路，據《金史・地志》，「此路皆猛安戶」。詩中摹景寫情，婉轉入妙，表達了一往情深的思歸之意。

完顏壽孫的作品引人注目的另一個方面，是它們對民族融合精神的反映與表現。作為女真族代表人物的完顏壽孫身上，儘管凝結著民族意識與民族感情，不過應該指出的是，這種民族意識與民族感情並不以對其他民族、特別是對漢民族的排斥為標誌。在他的民族觀念當中，不僅難以找到排外性，而且他對文化發展程度高於女真族的漢民族始終抱著十分友好的態度，這是當時民族融合所帶來的可喜結果。這種態度不僅在他的生平經歷中多有反映，在他的詩詞作品裡也時有表現。通過完顏壽孫的作品，我們看到詩人不僅對漢民族抱有親善的態度和友好的感情，有時甚至超越本民族的狹隘眼光，打破民族之間的壁壘和界限，站在中華各民族共同性的立腳點上抒情言志，談古論今。

完顏壽孫詩詞的又一個突出特點，是抒發嘆老嗟窮的情緒，表現貧而樂道的精神。這在階級社會，對於一位女真貴族中的上層人物來說是難能可貴的。它們從特定的角度反映了金朝衰落時期的社會現實，有一定的認識價值和美學價值。完顏壽孫是皇族成員，並且身為金朝末帝即金哀宗的叔父。但是由於金室在蒙古軍隊的壓迫下倉促南遷以後，兵連禍結，內外交困，百官俸給，減削幾盡，「歲日所入，大官不能贍百指，而密公又宗室之貧無以為資者」（《遺山集》卷三十六〈如菴詩文敘〉），所以相對說來生活是較清苦的。在詩人的作品中嘆老嗟窮的情緒比較常見，原因即在於此。

完顏壽孫的作品還有一個不可忽視的特點，是對於國家命運的關注。詩人以經天緯地之才而被置於閒散之地，對於國家的前途卻不能漠不關心，特別是在金末萬方多難之時更是如此。當「飄零何在五珠柳，離亂難歸二頃田」（〈寓蹟〉）之際，安於「因循默坐規禪老，取次拈詩教小童」（〈如菴樂事〉）的生活亦復不能。當時詩人的心境是沉重的。請看〈秋郊雨中〉：「羸驂破蓋雨淋浪，一抹煙林覆野塘。不著沙禽閒點輟，只橫秋浦更淒涼。」這恐怕不單純是對眼前景物或個人處境的描寫，颯衰破敗、缺乏生機的自然景物似乎也寄託著詩人對時局和國運的獨特感受。特別是詩人後期的作品，對社稷安危不時流露發自內心的關切之情。比如〈城西〉詩中「悠然望西北，暮色起悲涼」云云便包含著對北方鐵騎南犯的深切憂慮。不過詩人對未來並未完全失去信心，就是在國難當頭之時他仍然執著地追求著自己的政治理想，〈絕句〉一詩可以為證：

孟津休道濁於涇，若遇承平也敢清。
河朔幾時桑柘底，只談王道不談兵。

孟津為古黃河津渡名，相傳周武王伐紂時與諸侯盟會於此並渡河，故一名盟津，為歷代兵家必爭之地；河朔即黃河以北之地，這裡在歷史上即稱「地方數千里，連城三十六，民物繁庶，川原坦平」（《宋史‧兵志》）。金室南渡黃河以後，其地則經常受到蒙古鐵騎的蹂躪。詩人在此詩中對於河朔之地恢復和平生活寄以深切的期望。「河朔幾時桑柘底，只談王道不談兵」便是封建時代一位傑出人物憂國憂民思想感情的昇華。

元好問在評價完顏壽孫的藝術成就時，稱其「詩筆圓美」，「文筆」「委曲」，這主要是偏重於對含蓄蘊藉一類作品的肯定。元好問之所以提出這樣的看法，首先由於完顏壽孫以渾雅醇厚見長的作品比較多見，可以認為這是詩人風格的主流；此外這同元好問在詩歌創作上力主「以唐人為指歸」（楊叔能《小亨集》引）也不無關係，所謂見仁見智。完顏壽孫的一些作品確乎深含唐人遠意，一唱三嘆、餘味無窮的妙趣所在多有。

麻九疇：天生聰慧的隱居詩人

麻九疇（一一八三—一二三二年）字知幾，他的籍貫有三種說法，元好問《中州集》卷六說是莫州（今河北任丘）人，《續夷堅志》卷二說是獻州人，劉祁《歸潛志》卷二說是易州人，孰是孰非，現已不可知。他幾乎是當時天下人人皆知的神童。

他聰穎過人，三歲識字，七歲會寫一筆不錯的草書，能寫出幾尺見方、比自己身體還要大的大字，又能寫詩，從那時起，他就有了神童之名。並且名聲不小，居然傳到章宗皇帝的耳朵裡，章宗好奇，想見識見識這位小神童，便下詔召他入宮。這當然是極其榮耀的事，但對生在外地、沒見過什麼世面的兒童來說，又是個大的挑戰。弄不好，一發怵，一緊張，神童就會變成木童。好在麻九疇初生牛犢不畏虎。入宮後，章宗問他，你來到宮殿見朕，害怕嗎？他出語驚人，說君臣就是父子，臣民見君王，就像兒子見父親，哪有兒子怕父親的？話語非常得體，令章宗大為驚訝，嘖嘖稱奇。神童之名因此更加響亮。

少年時代，麻九疇曾染上一種惡疾，被折磨幾年時間，神童之路一度受挫。他不得不向道士學習服氣之法，來治療疾病。二十歲左右，進入太學學習，刻苦自勵，準備進士考試，在科舉界獲得很高的聲望，得到趙秉文、李純甫等人的賞識。不巧，正趕上多事之秋，金國被迫遷都，麻九疇流落郾城（今河南郾城）、蔡州（今河南汝南）一帶，住進了遂平（今河南遂平）的西山，潛心讀書。幾年下來，功力越來越深厚，博通五經，特別精通《易經》和《春秋》。此間所寫的一些詩歌也不脛而走，其中最有名的是他為郾城張珏（字伯玉）所作的〈賦伯玉透光鏡〉，想像奇異，造語勁健，被李獻能傳到京城，詩壇領袖趙秉文「大加賞異」。趙秉文將這首詩抄寫貼在牆上，早晚朗讀，坐臥觀賞。

宣宗興定（一二一七—一二二二年）末年，麻九疇出山，參加經義、辭賦兩科進士考試。府試時，經義科名列第一，詞賦科名列第二，省試時，繼續保持這一名次。這一成績加上他早年的聲譽，使得他名震天下。汴都城內，男女老幼，都熟知其大名，都想一睹其風采。大家都認定他是新科狀元的當然人選。沒想到，天公刁難，好事多磨，在最後廷試一關，他因為意外失誤而名落孫山，讓所有崇拜者、讚賞者無不痛惜久之。他生性高傲耿介，能安於貧苦，以道自守。從此，他就無意科舉，回山隱居。

哀宗正大（一二二四—一二三一年）初年，他的兩位學生王說、王采苓同時考中進士，因為都很年輕，哀宗有些奇怪，就問他們師從何人。他們告訴哀宗，老師是麻九疇。哀宗對他也早有耳聞，朝中的近臣紛紛誇讚他的才華，宰相侯摯、禮部尚書趙秉文兩人趁機連章舉薦他擔任官職。正大三年，哀宗破格賜他進士身份，召他入朝，授他官職。他以身體有病為由，不肯做官，請求歸山。此舉贏得許多人的尊敬，連前輩趙秉文也不稱其名，尊他為「徵君」，就是不赴朝廷徵調的隱士。臨行前，趙秉文作〈送麻徵君知幾〉詩，將他比喻成獨立不群的鳳凰，將他說成是「可以激頹俗，可以勵貪夫」的世外高人，對其才名、德行大為讚賞。後來，病情好轉，他出任太常寺太祝、太常博士、應奉翰林學士。但他天資野逸，性格剛方，與人交往，只要一句話不投機，馬上就掉頭不顧，拂袖而去。他自知不是做官的料，很快就再次以病辭官，退居郾城。

晚年，麻九疇喜歡卜筮射覆之術。也許因為他自己多年的疾病，他對醫學興趣最大。他與當時最有名的國醫張子和交遊，向他學習醫術，治病救人，盡得其不傳之妙，並有著作論其「三門六法」之術。天興元年（一二三二年），蒙古兵攻入河南，麻九疇攜其家人入確山（今河南確山）避亂，後又出山，為蒙古兵俘虜，被帶往北方，途中病故。

麻九疇的詩歌擴大了他的名聲。特別是他的七言長篇，長於詠物，在詠物之中大肆鋪陳，逞才炫博，筆力奇峭。元好問說，他的這類詩「陵轢波濤，穿穴險固，囚鎖怪異，破碎陣敵」（〈逃空絲竹集引〉）。他的名作除前文提到的〈賦伯玉透光鏡〉外，還有〈夏英公篆韻〉、〈松菴同希顏欽叔裕之賦〉、〈竹瓔冠為李道人賦〉等都是這類作品。如他的〈夏英公篆韻〉（殘篇）用一系列的比喻來形容賦詠的對象：「千狀萬態了不同，哭鬼號神自茲始。簡如庖羲地上畫，緊如神農日中市。圓如有娀乙鳥卵，方如姜嫄巨人履。傾如怒觸不周山，溯如逆上靈叢水。積如女媧石未煉，碎如昆吾瓦經毀。蚩尤旗張尾後曲，黃帝鼎成足下峙。」由此可見其想像豐富，奇崛不凡。他的七言詩中，還有一些少見的花樣。在〈陽夏何正卿作疊語四句未成章，予復以疊語寄之，凡四變文〉中，他因難見巧，不僅完成了其他人不能完成的詩作，還翻新出奇，每句都用疊字，有「落落莫莫不厭貧」、「歸與歸與且糊口」、「避言避世必也狂」、「用之捨之時所繫」四種疊字方式，著力表現其詩歌技巧。他的五言古詩中，也有這一特點。他的〈和伯玉食萵醬韻〉三首五言詩，用的同一韻腳，其用意正如他自己所說，是要呈現其技巧。不過，他在詠物詩中，除了技巧之外，有時也透露出對歷史和現實的關注，像他的〈梁山宮圖〉由梁山富麗堂皇的宮殿想到這些都是百姓的血汗，寫出了「不覺生靈血液枯，化為宮上鴛鴦瓦」這樣驚心動魄的詩句。

麻九疇雖然長期隱居山中，也有「徵君」的美名，但從根本上說，他不是個隱士，正如他自己所說的，「讀書空山裡，落月低巖幽。山鬼夜語半，怪我非巢由」（《中州集》卷六）。他不是巢父、許由一類的世外高人。他是關注現實的，並且寫下一些嬉笑怒罵、嘲諷現實弊端的作品。南渡之後，社會紛紛攘攘，各種苛捐雜稅多如牛毛，百姓不堪重負。有感於此，他在〈題雨中行人扇圖〉中說：「幸自山東無稅賦，何須雨裡太倉皇？尋思此個人間世，畫出人來也著忙。」就畫面的雨中行人，聯想到現實中被生活所逼的人們。另一首〈道人〉詩諷刺無孔不入的租稅，更加風趣生動：「太公壽命八十餘，文王一見便同車。而今若有蟠溪客，也被官家要納魚。」姜太公在渭河邊釣魚，被周文王發現，成為歷史名臣，而如果他現今在河邊釣魚，官方不但不會起用他，反而要勒令他交魚充租。古今如此大的反差，是對現實的絕妙諷刺。這些詩給他招來一些誹謗之辭，帶來了一些麻煩。後「以避謗，畏時忌，持戒不作詩」（《歸潛志》卷二），不得已而迴避了現實，停止了創作。

食量驚人的大鬍子詩人雷淵

元好問列舉金末被天下一致公認的「宏傑之士」，僅有高庭玉、李純甫、雷淵等三人，並說自雷淵死後，「遂有人物渺然之嘆」（《遺山集》卷二十一〈雷希顏墓銘〉），由此可見，雷淵在金末的獨特地位。

雷淵（一一八四—一二三一年）字希顏，一字季默，應州渾源（今山西渾源）人。他出身不佳，父親雷思雖是有名的進士，官至同知北京路轉運使，但他的母親卻是側室，三歲時，父親去世，他的日子越發悲慘，為各位兄長所不齒。大約在十四五歲時，因貴族子弟的身份，得以進入太學。也許因為幼年的不幸，使他較早地懂得世事。在太學中，發憤讀書，「能自樹立如成人」。儘管衣衫破爛，光著腳丫，但仍能傾心讀書，不送迎賓客，以致有人說他，小小年紀，居然有了倨傲之性。二十多歲時，他在太學中已相當出類拔萃，經常出入公卿之門，與李純甫交往甚密，因李純甫的推介，名氣大增。

至寧元年（一二一三年），雷淵進士及第，隨即被任命為涇州錄事，他沒有赴任。此時卻節外生枝，險遭不測。有人誣告他的朋友高庭玉造反，雷淵、龐鑄、辛願、王權等人都受到牽連，差一點被一網打盡。等辨明是非之後，高庭玉已冤死獄中。雷淵極為悲痛，寫了篇措辭高古、感人至深的祭文，為人們傳誦一時。

雷淵一開始做官，就喜歡樹立自己的聲名威望。第一次出任東平府錄事，立即顯示出威嚴不二的個性。東平府向來是河朔重兵駐紮之地，多年以來，驕兵悍卒，為所欲為，他們還與蒙古等外敵相往來，並藉以自重，狐假虎威，地方官吏都要巴結討好他們。只有雷淵不買他們的賬。雷淵生就一副威武不能屈的外表和性格，身材魁梧，兩鬢多鬍鬚，呈張開狀，嘴唇下垂，嘴巴像是張開似的，眼睛大而深沉。這副形象令人敬畏，李純甫就說過，「希顏之髯」「可畏」（《歸潛志》卷十）。加上嚴於自律，他不動聲色地昂然出入東平軍中，一般士兵都懼他幾分。此舉壓制了軍方的囂張氣焰，贏得百姓的好感。沒過幾月，街頭巷尾就出現了雷淵的畫像，連那些跋扈的大將，再不敢以新進書生來小瞧他了。

等到雷淵做了遂平縣令，有了獨當一面的權力，便大打出手。憑著少年銳氣，他嚴厲地打擊不法分子，令一縣震驚，號為神明。一次，州府的官吏犯法，他照樣將他鞭打一番，這惹怒了州官。州府下文召他晉見，他不願與他們囉唆，乾脆罷官，一走了之。

其後，他歷任東阿縣令、徐州觀察判官、荊王府文學兼記室參軍，轉應奉翰林文字、同知制誥兼國史院編修官。正大（一二二四—一二三一年）初年升任監察御史。在此任上，他認真履行監察職責，敢於言事，彈劾不避權貴，所到之處都有威譽，特別在他巡視蔡州時，他的威嚴達到極點。當地有個士兵，與權貴有交往，開了小差，逃到農村，作惡多端，特別惡劣的是，他經常用藥毒害農家牛馬等家畜，以謀取錢財。雷淵得知有此一害，立即派人抓捕，捕得後，歷數其罪過，將他處死。老百姓都來圍觀，拍手稱快。他又嚴懲不法奸豪和貪官汙吏，手段果斷兇辣，一下子處死了五百人，他因此獲得「雷半千」這一綽號。威嚴之中，不免有些殘酷兇狠。當他路過遂平時，當地奸豪聞風而逃。但是，他因此遭人彈劾，丟了烏紗帽。幸好有宰相侯摯的推薦，他才有了太學博士、翰林修撰等官位。正大七年（一二三〇年）冬天，蒙古兵入侵，進入倒回谷，遭到金兵的伏擊，蒙古兵倉皇而逃。朝臣人大多認為不必再追，雷淵力排眾議，斷定此是天賜良機，一定要乘勝追擊，方能大獲全勝。但不為決策者所贊同，後來大家知道蒙古兵狼狽不堪，都後悔不已。這顯示出他的灼見。次年八月二十三日，雷淵暴病而終，享年四十八歲。

威嚴是雷淵性格中突出的一點，此外，他還有許多性格側面：

他善於交際，「凡當途貴要與布衣名士，無不往來」（《歸潛志》卷一），由於經常出入權貴人家，在翰林院任職期間，有人譏笑他是「侯門戚裡」（同上書卷十），諷刺他像是達官貴人的親戚鄰居。

他嚴於論人，表現在文章之中，認為「文章止是褒與貶」（同上書卷八），在為朋友所作的制辭中，他常常揭人短處，以作針砭。

他不善書法，卻好收藏古人書畫碑刻，善於索要當代名家墨寶。書法名家趙秉文在門上高懸「老漢不寫字」的擋箭牌，但雷淵請他吃飯喝酒，請他鑑賞古人墨跡，擺上上等文房四寶，激起其興致，鼓動他寫字，然後對他每下一筆每寫一畫都大加捧揚，說這是顏真卿，那是米芾，逗得趙秉文越寫越高興，越寫越多，故「得其書最多」（同上書卷九）。

他善於詼諧調笑，幽默風趣。劉祁曾與他談起許州鄭村有個名叫蘇嗣之的人，自稱是東坡後裔，很富有，用錢財混了個官職，喜歡交結權要，但為人蠢笨，被女真族士大夫所嘲笑所鄙視。因為他很肥胖，人們都稱他蘇胖。雷淵聽後，就問劉祁，你聽說過一夜之間水牛全死的事？劉祁說不知道。雷淵告訴他：「昔東坡生，一夕眉山草木盡死；今蘇胖生，一夕鄭村水牛盡死也！」（同上）蘇軾乃英才，集山川之靈氣，他的出世令眉山草木黯然失色，蘇胖乃蠢材，他的出生令鄭村水牛盡死。如此對照嘲諷令劉祁大笑不止。

他能吃能喝，元好問說他有三四個人的食量，能喝數斗酒而不醉。他與李純甫等人互相開玩笑，有「之純（李純甫）愛酒如蠅，希顏（雷淵）見肉如鷹」（同上）的笑料。他能言善辯，尤其在酒酣耳熱之際，雖略帶口吃，但談起事來，常常辭氣縱橫，出奇無窮。

詩文創作在他的生活中只是業餘愛好，但還是獲得了「一代不數人」（《遺山集》卷二十一〈雷希顏墓銘〉）的好評。他推崇韓愈，效法其詩文，詩歌好新奇，雜有東坡、山谷的新巧之風，文章尚簡古，長於敘事。為此，他與王若虛不時發生爭執。王若虛喜歡平實記事，雷淵喜歡出語奇峭。在他們同修《宣宗實錄》時，王若虛認為，實錄只是記載當時的事情，貴在不失真，而雷淵認為這樣的實錄「無句法，委靡不振，不足觀」。所以凡是雷淵所寫的，王若虛都大加斧削，雷淵大憤不平，要將兩人文章公之於眾，「令天下人定其是非」；王若虛不屑一顧，說雷淵的文章「好用惡硬字，何以為奇？」（《歸潛志》卷八）王若虛很不喜歡黃庭堅的詩歌，經常苛刻地批評黃詩，但有時顯得不近情理，如他指責黃詩「猩猩毛筆平生几，輛屐身後五車書」，不應該將這兩件事並列，因為「一猩猩毛筆安能寫五車書耶」？雷淵聽後，反唇相譏，「一猩猩之毛如何只作筆一管」？（同上書卷九）實際上，這是為黃庭堅為自己辯護。雷淵的詩歌現存三十多首，其他作品都已失傳。

雷琯為逃難飢民著述悲歌

雷琯字伯威，坊州（今陝西黃陵）人。父親雷秀實，進士出身，而雷琯卻未考中進士。父親去世後，家境更加艱難。因自己博學能文，頗有聲名，才得到別人的推薦，為了贍養年邁的母親，不得不出任職位低下的國史院書寫官。在任此職期間，他有件令人刮目相看的舉動。他的朋友李汾也任書寫官。李汾一向高亢，恃才傲物，總覺得任書寫官、受人差使很委曲，在這種心情下，日子一長，難免要與同事與上司發生摩擦，最後發展成謾罵長官，結果被逐出史院。雷琯作詩為他送行，在詩中諷刺擔任史官的翰林學士們，竟然不能忍耐一些、寬容一點，與一個書生鬥氣，爭勝負，使得李汾狼狽而去。其中有「郎君未足留商隱，官長從教罵廣文」和「明日春風一杯酒，與君同酹信陵墳」之句，受到人們的稱讚。後調任八作司使，官位仍然低下。金末戰亂中，南奔避亂，途中被士兵所殺，年齡還不到四十歲。

雷琯雖然有建立奇異功名的理想，但一直未變成事實。他的一生是比較沉寂和不幸的。他的〈古意〉四首之二寫出了他的這種痛苦心情：「對酒不能飲，拊劍自度曲。一唱行路難，歌與淚相續。朝為楊朱泣，暮作阮籍哭……曲行違吾心，直行傷我足。曲直無適從，昂頭羨鴻鵠。」走投無路，無所適從，可以說陷入了人生的絕境，只有悲哀了。

不過，雷琯沒有過多表現個人的不幸。在他的詩歌中，最引人注目的是一組反映關輔地區饑民生活的作品。關輔地區就是長安附近一帶，是雷琯的家鄉所在。他聽從關輔地區來的人說，那一帶因為戰爭與天災，民不聊生，大批難民紛紛逃亡，向東遷徙，數量多達幾十萬人，老老少少，攜持負戴，絡繹不絕。他們白天沒吃沒喝，夜晚無棲身之地，簡直瀕臨死亡。途中有人用秦聲來抒發這些難民背井離鄉之情，剛開始逃到安全地區時，歌聲還明亮清晰、婉轉動人，像是要訴說什麼，過了一會，就變得幽鬱壓抑、淒厲悲慘；到最後，如咽如泣，感情低沉，像是到了崩潰的邊緣。雷琯作為家在秦地的文人，聽了這番訴說之後，情不能禁，無比悲痛地寫下了十首〈商歌〉，記敘難民逃亡情形。商歌就是悲涼低沉之歌，源於春秋戰國時晉人寧戚的飯牛歌。十首詩作如下：

扶桑西距若華東，盡在天王職貢中。
一自秦原有烽火，年年選將戍河潼。

春明門前灞水濱，年年此地送行頻。
今年送客不復返，捲土東來避戰塵。

儘室東行且未歸，臨行重自鎖門扉。
為語畫梁雙燕子，春來秋去傍誰飛。

灞水河邊楊柳春，柔桑折盡為行人。
只愁落日悲笳裡，吹斷東風不到秦。

累累老稚自相攜，側耳西風聽馬嘶。
百死才能到關下，仰看猶似上天梯。

上得關來似得生，關頭行客唱歌行。
虛巖遠壑互相應，轉見離鄉去國情。

前歌未停後疊呼，歌詞激烈聲嗚嗚。
天下可能無健者，不挽天河洗八區。

折來灞水橋邊柳，盡向商於道上栽。
明年三月花如雪，會有好風吹汝回。

行人十步九盤桓，岩壑縈迴行路難。
忽到商顏最高處，一時揮淚望長安。

西來遷客莫回首，一望令人一斷魂。
正使長安近於日，煙塵滿目北風昏。

詩歌由遠及近，依次寫來。第一首是說，自東至西都是王朝的土地，而自秦地受到蒙古的侵略以來，不得不年年派兵把守潼關，使得民不聊生。這是總寫大的背景。第二首從長安東門春明門前灞水河畔的送別著眼，在這個著名的送別之地，今年的送別又與往年不同，今年送別已沒有留別之意，因為離別雙方都要東逃避亂。這樣，就在今昔對比中突現出現實的辛酸。第三首寫難民們全家逃亡，臨行前還把門鎖好，並關心地問家中的燕子，這裡已空無一人，今後將與誰在一起？秦地百姓為戰爭所逼，不得不舉家遷徙，家鄉只留下燕子了。問燕子，比問人更加辛酸。第四首寫難民送別時，把灞水橋邊的柳樹都折盡了，可見難民之多。傍晚，他們吹奏著悲哀的笳聲，傳達著思鄉之情，散播在空中，但路途已漸漸遙遠，再也傳不到秦地了，鄉情也就無處寄託。第五首寫難民們扶老攜幼，成群結隊，一邊走，一邊側耳傾聽故鄉那邊的戰馬的嘶鳴聲，關心著故鄉的形勢。千辛萬苦好不容易到了潼關之下，但仰望潼關，非常高峻，像是上天的梯子一般。第六首寫難民們終於登上潼關，逃到了安全地帶，獲得新生，難民們的心情有所好轉，有的開始唱起歌來，引得崇山峻嶺一片回響，加重了他們的去國離鄉之情。第七首寫難民們的歌聲前呼後應，時而激烈，時而悲涼，像是感嘆沒有人能力挽頹局，洗清戰塵。第八首寫將自灞水橋邊折來的柳樹栽插在商於道中，想像明年的東風將會把柳絮吹回長安，這當然也是難民們自己的心願。但這裡只寫柳樹而不寫難民，含有人不如樹之感，柳絮能定期隨風飄回家鄉，難民卻不知何時才能重回故里。第九首寫難民們一路艱辛，登上商顏山頂，一起流著眼淚，回望長安。第十首是承上一首而來，勸難民們不要回首長安，因為那裡滿目煙塵，令人斷魂。煙塵照應了第一首中的烽火，使得這組詩成為一個整體。總體來看，這組詩歌情調悲婉，真切感人。劉祁說雷琯「作詩典雅，多有佳句」，「文字甚工細」（《歸潛志》卷三），從這組詩歌中也能得到印證。

雷琯在詩歌之外，在其他方面應該還有所成就。劉祁說他「為人議論深刻……每酒酣，談說今古莫能窮」（同上），可惜這些早已煙消雲散了。

未成名家的遼東奇才李經

李經是金末詩作不多、水平未必多高但曾喧赫一時的「奇才」。他字天英，中年失意後，自號無塵道人，錦州（今遼寧錦州）人。家世不詳。少有異才，自遼東入太學學習，馬上被視為遼東奇才。李純甫一見到他的詩歌，就非常激動，誇大其詞地將他許之為當今的李太白，並忙不迭地到處為其延譽吹捧，在文士中造成很大影響，加上李經的字畫也有一定的功力，所以，一時間聲名大噪。

實際上，說李經詩似太白，很不切實。他遠沒有李白那種才氣，所以寫起詩來不僅沒有李白的氣象，而且比李白吃力得多。元好問說他「作詩極刻苦，欲絕去翰墨蹊徑者」（《中州集》卷五），這哪裡有太白「用胸口一噴就是」的詩仙風範？所以，李純甫又改口說李經的詩作是「自李賀死二百年無此作矣」（趙秉文〈答李天英書〉引），這倒接近事實。但不管像誰，對李經而言，都是盛名。有了盛名，他就難得逍遙自在了。這種盛名就逼使他在主觀上努力向上靠近，將他推上必須高人一等的位置上。他參加科舉考試，一舉不中，再舉不第，在京城呆了兩年，未能成就科名，就再也待不住了，不得不「拂衣歸」（《歸潛志》卷二）。因為他的才名，他的落第東歸彷彿是件光彩的事情，居然成了轟動性的事件，許多名流都作詩為他送行。

李純甫特意為李經舉行了餞別詩會，參加者有張伯玉、周晦之等豪放狂怪之人。李純甫有〈送李經〉詩傳世。該詩先以自己（屏山）作陪襯，寫大鬍子張伯玉（髯張）、小個子周晦之（短周）二人的狂怪面目，「髯張元是人中雄，喜如俊鶻盤秋空。怒如怪獸拔枯松，老我不敢嬰其鋒。更著短周時緩頰，智囊無底眼如月。斫頭不屈面如鐵，一說未窮複一說。勍敵相扼已錚錚，二豪同軍又連衡，屏山直欲把降旌」，在此之後，再推出更加不同凡響的主角李經：「不意人間有阿經，阿經瑰奇天下士。筆頭風雨三千字，醉倒謫仙元不死。時藉奇兵攻二子，縱飲高歌燕市中，相視一笑生春風。人憎鬼妒愁天公，徑奪吾弟還遼東」，最後寫到離別場面：「短周醉別默無語，髯張亦作衝冠怒。阿經老淚和秋雨，只有屏山拔劍舞。拔劍舞，擊劍歌，人非麋鹿將如何？秋天萬里一明月，西風吹夢飛關河。此心耿耿軒轅鏡，底用兒女肩相摩？有智無智三十里，眉睫之間見吾弟。」李純甫畢竟是狂怪派的領袖，這首詩縱橫不平，豪氣四溢，寫出了此派詩人的性情特徵，為李經落第東歸、懷才不遇而抱屈，不失為一篇佳作。

另一位詩壇領袖趙秉文也很給他面子，為他作〈送李天英下第〉詩，對他的評價也很高。趙秉文將李經比喻為「天雞拂滄溟，萬里起古色」，將他的京華失意說成是「騏驥絆荊棘」。另一前輩詩人周昂也有〈送李天英下第〉詩，對他寄予希望，勸他「不須寂寞恨東歸，洗眼三年看一飛。試卷波瀾入毫穎，莫教歐九識劉幾」。

李經究竟當時以哪些詩歌贏得如此榮寵？現在並不是很清楚。元好問引了他「最得意」的四句詩，曰：「雁奴失寒更，拍拍叫秋水。天長夢已盡，秋思紛難理。」（《中州集》卷五）詩題已失傳，從「天長夢已盡」含有的思鄉意味來看，似作於在京期間。雁奴是給雁群警戒的雁子，地位比較卑下，寫它「拍拍叫秋水」，構思新穎，但有些幽僻奇異。劉祁說他「為詩刻苦，喜出奇語，不蹈襲前人，妙處人莫能及」（《歸潛志》卷二），並引了一些詩句作證，如〈題太真圖〉寫貴妃「君前欲拜還未拜，花枝無力東風羞」的媚態風姿，比喻貼切，〈晚望〉寫秋天傍晚的遠眺，「夕陽萬里眼，人立秋黃中」，造語奇特，又如他的四言寫景詩，有「老峰蹙雲，壁立挽秀。林陰灑雨，蒼蒼玉鬥。虛明滿鏡，夜色成畫」，用詞古崛生硬，確實如劉祁所說，有其獨到之處。但僅從這些詩句來看，他的才思並不博大，主要是以苦吟寫出一些險怪奇異的詩歌。

此後，李經在刻意求新的路上越走越遠，詩歌越來越險怪幽僻。回東北以後三年，趙秉文終於出面對他說了些真話。事情源於李經在給趙秉文的信中，談了談他近來的書法和詩歌創作的體會，並寄給趙秉文若干首新詩。他自稱「近日欲作文字，然滯於藏鋒，不能飛動；詩欲古體，然僻於幽隱，不能豪放」，沒想到，他的這些言論及詩作招來了趙秉文嚴肅而尖銳的批評。

趙秉文在長文〈答李天英書〉中，以長者、書法行家、前輩詩人的口吻，對李經作出了較客觀的分析。他針對李經過於師心獨造，指出前代的書法都非率意之作，都是「真積力久，自楷書中來」的產物，從來沒有「未能坐而能走者」。只有能積學，然後才能飛動，否則，像李經的書法就如同學人口舌的「秦吉了」，沒有什麼獨到之處。趙秉文對李經「措意不蹈襲前人一語」的詩歌看法與此相似。趙秉文徵引了李經所寄的五首雜詩（不一定是全篇），作為反面材料，對他的詩歌明確表現失望，認為他迄今所成就的「不過長吉盧仝合而為一，未能以故為新，以俗為雅」，並不客氣地指出：「昔時有吹簫學鳳鳴者，鳳鳴不可得聞，時有梟音耳。君詩無乃間有梟音乎？」對他的評價與過去相比已大為降低了。

後來元好問編纂《中州集》，照抄了趙秉文所引的五首雜詩，大概除此之外，已沒有其他傳世佳作。第一首說：「長河老秋凍，馬怯冰未牢。河山冷鞭底，日暮風更號。」其中的「老」字像是形容長河，像是形容秋天，又像是形容「秋凍」，非常特殊，「河山冷鞭底」，更是難以理解，其本意似乎要說騎馬行走在寒冷的山河之間，卻把它寫成了這樣異怪的詩句，彷彿河山在馬鞭下發冷，真是走火入魔。可見，李經一生雖有些才氣，但成就有限，加上路數不正，所以最終未能自成一家。他一生的名聲隨著時間而每況愈下，由李白變成李賀，再變成不能成為名家的自己，可以說是個悲劇。

李汾：「千丈豪氣天也妒」

李汾（一一九二—一二三二年）字長源，太原平晉（今山西太原南）人。他與元好問算同鄉，是元好問的三位知己之一。「千丈豪氣天也妒，七言詩好世空傳」（〈過詩人李長源故居〉），就是元好問給他的評價。

李汾是典型的幽并豪俠，為人曠達不羈，豪邁跌宕，少時好讀史書，曾遊覽秦中一帶，有感於古今成敗興亡，決心要成就一番非同尋常的功名，「以奇節自許」。這不僅表現在理想抱負方面，還表現在日常行為方面。元好問稱他為「并州少年」，在詩中多次描寫他的非凡氣概：「君不見并州少年作軒昂，雞鳴起舞望八荒，夜如何其夜未央！」（〈雪后招鄰舍王贊子襄飲〉）「君不見東家騎鯨李，膽滿六尺軀。萬言黃石策，八陣夔州圖。」（〈此日不足惜〉）他的朋友王元粹也說他不像書生，「匹馬短衣看此行，看君誰信是書生」（〈壽李長源〉）。

與豪邁相伴而生的是李汾極強的個性。他豪邁得有些過分，以致不通人情世故，劉祁說他「頗褊躁，觸之輒怒，以是多為人所惡」（《歸潛志》卷二）。他曾經投書拜謁宰相胥鼎，受到點冷遇，竟忍無可忍，再次投書胥鼎，揭發他的所有過錯，痛加指斥，弄得胥鼎大為光火。李汾此舉確實不夠磊落。胥鼎念他畢竟是個文人，才寬大為懷，未加追究。元光（一二二二—一二二三年）年間，他到汴京參加進士考試，未考中進士，反而招來一肚子牢騷。因為當時有些淺薄之人，只要考中了進士，有個一官半職，就擺起架子，自覺高人一等，與布衣文人劃清界限，涇渭分明，甚至不相往來。李汾看不慣這種俗態，憤憤不平地說：「以區區一第傲天下士邪？」（《歸潛志》卷七）這種傲慢在他擔任史館從事期間暴露得充分無遺。

李汾迫於生計，勉強同意別人的推薦，出任史館從事。按照當時的體制，史院監修官一般由宰相兼任，同修官一般由翰林學士和翰林直學士兼任，編修官才真正主管編纂史書之事，而史院從事實際上地位最低下，只是一個抄寫員罷了。通常編修官在撰好文稿之後，將草稿交給從事，由從事謄寫清爽，然後再交給翰林學士。在平居無事的時候，上下級之間還能在一起飲酒賦詩，但只要一談到工作，立即壁壘分明，就有了官長與掾屬的區別。李汾一向高亢，不可一世，人們只是把他當成個普通的小抄寫員來差遣，他哪裡忍受得了這份委屈與不平？偏偏他少年時代好讀史書，有著很高的史學修養和才華，所以他又反過來傲視他們。有些新入史院的史官們，連史書的凡例都不甚了了，哪裡談得上什麼史才、史識？也應該被李汾瞧不起。他們刊修史書時，只要李汾在場，就渾身不自在，縮頭縮腦，愁眉苦臉，好半天不敢下筆，怕被李汾嘲笑。而李汾又故意在一旁正襟危坐，旁若無人地朗讀《史記》和《左傳》，聲音洪亮，抑揚頓挫。讀完後，還看看四座之人，高聲大嗓擊節稱讚道：「看！」他讓他們看看司馬遷、左丘明寫得多好，再看看他們自己寫得多糟。那些被嘲諷的史官們，當然惱羞成怒，積怨成恨。李汾依然我行我素，對有名的編修官雷淵、李獻能也毫不讓步，引起雷淵、李獻能的切齒痛恨。他們指責李汾謾罵官長，要將他趕出史院。

官司一直打到右丞相師安石那裡，歷時一年多也沒有結果，因為雙方各有各的理。李汾固然無禮，可是雷淵、李獻能也受到了輿論的壓力。不得已，師安石以有傷風化之名，派人設宴，勸他們和解。最後，李汾以眼病為由罷官而去。他的同事雷琯作詩為他送行，「頗識翰林諸人，不能少忍，至與一書生相角逐，使之狼狽而去」（《中州集》卷七）。李獻能說他「上頗通天文，下粗知地理，中間全不曉人事」（《歸潛志》卷九），這是符合實際的，也得到了李汾本人的首肯。因此，從本質上來說，李汾又恰恰是書生意氣最濃的。

李汾性格中還有一獨特之處，就是他老是憤恨不平，動輒怒氣沖沖。劉祁說他「傲岸多怒」，「好憤怒」，他的很多朋友都有點怕他；元好問曾經戲稱他有「憤擊經」（同上）；楊宏道也調侃地說，「何時一斗鳳鳴酒，滿酌為君洗不平」（〈調李長源〉）。這種性格當然不善處世，四處碰壁。據他的〈感遇述史雜詩五十首並引〉，正大七年（一二三〇年）前後，他再次任職史院，但還是任低下的史院從事，更加「鬱鬱不得志」，次年京城形勢嚴峻，蒙古兵兵臨城下，他再次離京。〈西歸〉可能是此時所作：「擾擾王城足是非，不堪多病決然歸。只因有口談時事，幾被無心觸禍機。日暮豺狼當路立，天寒雕鶚傍人飛。終南山色明如畫，何限春風筍蕨肥。」他去了鄧州，投奔了手握兵權的恆山公武仙，被任命為行尚書省講議官。當時，汴京告急，武仙坐視不救，另有計謀。李汾好議論時事，引起武仙的緊張和擔心，天興元年（一二三二年）六月，被武仙殺害。他的朋友王元粹對他的一生作出較全面的概括：「以才見殺人皆惜，忤物能全我未聞。李白歌詩堪應詔，陳琳草檄偶從軍。」（〈哭李長源〉）

元好問說李汾「平生以詩為專門之學」，特別是七律高出同輩之人。詩如其人，他的詩多是感憤之作，「雖辭旨危苦，而耿耿自信者故在，鬱鬱不平者不能掩，清壯磊落，有幽并豪俠歌謠慷慨之氣」（《中州集》卷十）。如〈陜州〉：

黃河城下水澄澄，送別秋風似洞庭。
李白形骸雖放浪，并州豪傑未凋零。
十年道路雙蓬鬢，萬里乾坤一草亭。
八月崤陵霜樹老，傷心休折柳條青。

雖然流離困頓，但仍豪放剛強，無哀弱可憐之態。另一首〈避亂西山作〉寫於鄧州武仙軍中：

三月都門晝不開，兵塵一夕捲風回。
也知周室三川在，誰復秦庭七日哀。
鴉啄腥風下陽翟，草銜冤血上琴臺。
夷門一把平安火，定逐恆山侯騎來。

首聯交代京城被圍的形勢，次聯是說山河依舊，卻沒有外援可求，申包胥當年向秦求援，痛哭七日，而如今北有蒙古，南有南宋，都是敵國，已無秦廷可言。第三聯渲染戰亂的血腥氣氛，極為沉痛，但尾聯卻很有信心地說，恆山公武仙能解除汴京的圍困，給汴京帶來平安。夷門是汴京的東門。詩中有鬱憤不平，也有磊落自信，這正是北方豪傑的特點所在。他的一些名句也慷慨不平，如「長河不洗中原恨，趙括原非上將才」、「洛陽才子懷三策，長樂鐘聲又一年」、「清鏡功名兩行淚，浮雲親舊一囊錢」。此外，他的寫景詩也流露出工於狀物造句的特點，如「鴉啣暝色投林急，熒曳余光入草深」（〈夏夜〉）等。

金代文學集大成的元好問

元好問（一一九〇—一二五七年）字裕之，號遺山，忻州秀容（今山西忻州市）人，為集金代文學大成的傑出文學家。

元好問是北朝魏代鮮卑拓跋氏的後裔。其高祖誼，北宋宣和間仕為忻州神虎軍將領；曾祖春，北宋末由平定移家忻州，靖康間任忠顯校尉、隰州（今山西隰縣）團練使；祖父滋善，金正隆二年賜出身，任柔服（今內蒙古土默特左旗東南）丞、銅山（今遼寧開原南）令，贈朝列大夫；生父德明，自幼嗜讀書，其後有詩名，一生累舉不第，放浪山水間，飲酒賦詩以自適，所作精美圓熟，不事雕琢。元好問始生七月，出繼叔父元格；因元格在外做官，從兒時即攜好問宦游四方；年四歲，好問開始讀書；五歲，從元格官掖縣（今山東掖縣）；七歲能詩，太原名士王湯臣以神童相稱；年十一隨元格官冀州（今河北冀縣），詩人路鐸賞其俊爽，教之為文；年十四隨元格官陵川（今山西陵川），肆意經傳，貫通百家。元格罷陵川令以後，為了不中斷學業，元好問「留事先生又二年」（〈郝先生墓銘〉），一直到大安元年（一二〇九年）二十歲之時。大安二年，元格病歿於隴城（今甘肅天水市東）令任上，於是元好問扶護靈柩返回忻州鄉里（〈南冠錄引〉）。

興定元年（一二一七年），元好問撰寫著名的〈論詩三十首〉，並總結前人有關文章法度的論述著為《錦機》一編（已佚）。也就是在這個時候，元好問的詩作開始廣為傳播，禮部尚書趙秉文見後擊節稱賞，以書招之，元好問始登文壇盟主趙秉文、楊雲翼之門，於是名動京城，時人視為「元才子」。興定五年（一二二一年），舉進士登第，而未就選，往來箕山潁水之間，數年吟詠不絕。正大元年（一二二四年）五月，權國史院編修官。其時恰值史院修《宣宗實錄》，元好問在受命訪求「先朝逸事」的過程中，不顧時忌，對於關乎到最高統治者評價的敏感問題秉筆直書，據實採錄，為維護史學領域「直筆」、「徵信」的優良傳統作出了貢獻。第三年夏天，告歸嵩山省親。詩人對於官場上的生活是不滿意的。在嵩山閒居時，著《杜詩學》一書（已佚）。從正大三年（一二二六年）起，一直到正大八年（一二三一年），詩人先後出任鎮平（今河南鎮平）、內鄉（今河南西峽）、南陽（今河南南陽）三縣令。就中正大五年在內鄉任上以母卒服喪，居該縣東南白鹿原長壽新齋三年，並於正大六年（一二二六年）撰成《東坡詩雅》一書（已佚）。

正大八年（一二三一年）八月，元好問在南陽縣令任上奉詔赴京，仕為尚書省掾，不久除左司都事。其時蒙古軍隊大舉南伐，天興元年（一二三二年）三月進圍汴京。當危急存亡之際，元好問建議用小字書國史一本，隨車駕所在，以一馬馱負，雖然得到諸相的贊同，而不及安排實行。天興元年（一二三二年）十二月，金哀宗棄城突圍東征；天興二年（一二三三年）正月，西面元帥崔立叛降蒙古，挾太后召衛紹王之子梁王監國。崔立自負有救一城生靈之功，劫太學生劉祁、麻革並元好問、王若虛等撰文立碑頌其功德。此事畢竟暴露了當事者、包括詩人性格軟弱的一面。當年五月三日，元好問在蒙古軍隊拘羈下北渡黃河。天興三年（一二三四年）正月，金哀宗自縊於蔡州（今河南汝南），金朝滅亡。從此，元好問開始了遺民生活。就是在這種極端困難的條件下，元好問意識到歷史責任的重大，抱定「造物留此筆，吾貧復何辭」（同上其六）的決心，開始編纂金詩總集《中州集》和史學著作《王辰雜編》。蒙古太宗七年（一二三五年），元好問由聊城移居冠氏（今山東冠縣），並於太宗八年寓居陽平時編成《東坡樂府集選》一書（已佚）；太宗十年（一二三八年）八月舉家從冠氏啟程，次年夏、秋間帶著「并州一別三千里，滄海橫流二十年」（〈初挈家還讀書山四首〉其一）的無限感慨回到故鄉忻州讀書山下。歷盡人世滄桑之後，能同家人安全返鄉，元好問自然是滿意的，但是詩人並沒有忘記自己肩負的責任。北渡以後，金朝故老凋零殆盡，元好問以文壇宿將巋然獨存，頗以重振斯文為念。在放懷詩酒、遊戲翰墨的同時，元好問全面著手纂修金史的準備工作。為了採摭金朝君臣遺言往行，他以年邁多病之軀，流轉於齊、魯、燕、趙、晉、魏之間，棲棲遑遑，席不暇暖。遇有所得，便以寸紙細字，親為記錄，日積月累，達百餘萬言。當時詩人處在「得足痿症，賴醫者急救之，僅免偏廢」的情況之下，仍然孜孜矻矻，自強不息，為著錄有金一代之跡鞠躬盡瘁。終因身心交瘁，於蒙古憲宗七年（一二五七年）九月卒於獲鹿（今河北獲鹿）寓舍，「溘死道邊」竟不幸言中。

除了詩歌以外，元好問的詞作也值得稱述。「疏快之中自饒深婉」（劉熙載《藝概．詞曲概》），在中國詞史上別開生面，獨樹一幟，受到時人和後人的普遍重視。

元好問詞今存三百八十餘首，涉及登臨寄興、詠物抒懷、弔古傷今、男歡女愛等各方面的題材。元好問早年的詞作，頗多體現「擊築行歌，鞍馬賦詩」（〈石州慢〉）的豪舉逸興，這類作品往往以情詞跌宕見長，因而其師王中立〈讀遺山樂府〉一詩曾以「紅裙婢子哪能曉」稱道之。如〈水調歌頭．賦三門津〉：

黃河九天上，人鬼瞰重關。長風怒捲高浪，飛灑日光寒。峻似呂梁千仞，壯似錢塘八月，直下洗塵寰。萬象入橫潰，依舊一峰閒。

仰危巢，雙鵠過，杳難攀。人間此險何用，萬古祕神奸。不用燃犀下照，未必佽飛強射，有力障狂瀾。喚取騎鯨客，撾鼓過銀山。

即以磅礴的氣勢縱筆勾畫出黃河三門峽驚心動魄的雄姿，結尾則漾溢著一往無前、人定勝天的昂揚奮發精神，興會激盪，崎嶇排奡。通篇既重寫實手法，又富浪漫色彩。此外，元好問的早期詞作也不乏秀逸婉麗、情致纏綿的篇甚，如作於十六歲的〈摸魚兒〉、作於十九歲的〈蝶戀花・一片花飛春意減〉等。僅以〈摸魚兒〉為例：

問世間，情是何物？直教生死相許。天南地北雙飛客，老翅幾回寒暑。歡樂趣，離別苦，是中更有癡兒女。君應有語，渺萬里層雲，千山暮景，隻影向誰去！橫汾路，寂寞當年簫鼓，荒煙依舊平楚。招魂楚些嗟何及，山鬼自啼風雨。天也妒，未信與，鶯兒燕子俱塵土。千秋萬古，為留待騷人，狂歌痛飲，來訪雁丘處。

全詞熱情歌頌雁侶以死相許的情操，綿至之思，一往而深。由南宋入元的詞人張炎曾譽之為「妙在模寫情態，立意高遠」、「風流蘊藉處，不減周（邦彥）、秦（觀）」（《詞源》卷下「雜論」）。

統觀元好問的詞作，疏宕而不失之粗豪，蘊藉而不流於側媚。特別難能可貴的是，他的很多作品，尤其是中年以後的作品突破了豪放派與婉約派的固有界限，呈現出熔二者於一爐的明顯趨勢，豪放之外濟以婉約，剛健之中兼含婀娜，對於宋詞的推陳出新做出了努力。

關漢卿：中國戲劇奠基人

關漢卿是元代最傑出的雜劇作家，中國古代戲劇的奠基人。元代鍾嗣成的《錄鬼簿》把他列為「前輩已死名公才人」之首。明初賈仲明為關漢卿寫的〈凌波仙〉弔詞說：「珠璣語唾自然流，金玉詞源即便有，玲瓏肺腑天生就。風月情，忒慣熟。姓名香，四大神洲。驅梨園領袖，總編修師首，捻雜劇班頭。」這些讚譽之詞並不過分，以關漢卿的才能和成就，為人和威望，稱他為「雜劇班頭」是當之無愧的。

關漢卿（約一二三〇—一三三〇年），號已齋叟，大都（今北京市）人。祖先曾供職金代太醫院，因此他出身於醫戶，是否有醫術則不可知。在元蒙貴族的統治下，廣大漢族中下層知識分子普遍受統治者的歧視和排擠，或不受重用，或根本不被任用。關漢卿有骨氣，有正義感，不屑仕進，遂流入歌樓瓦舍、戲場書會之中。他是大都規模最大的書會——玉京書會的領袖人物，是一個典型的書會才人。關漢卿「生而倜儻，博學能文，滑稽多智，蘊藉風流，為一時之冠」。他精通各種技藝，舉凡圍棋、蹴球、打獵、歌舞、吹彈、吟詩等等，無所不能，而他最酷愛的還是雜劇藝術。在〈南呂・一枝花・不伏老〉的〈尾〉曲中，他堅決表示：

> 你便是落了我牙，歪了我口，瘸了我腿，折了我手，天賜與我這幾般歹症候，尚兀自不肯休。則除是閻王親自喚，神鬼自來勾，三魂歸地府，七魄喪冥幽，天哪，那其間才不向煙花路上走。

從這些話語中可見關漢卿從事戲劇活動百折不撓的意志，他對現實的不滿和傲視，他的風流詼諧、桀驁不馴的性格以及憤世嫉俗的精神。

作為「雜劇班頭」，關漢卿不僅團結了大批劇作家、演員和藝人，而且是身兼四職的戲曲工作者：既是雜劇創作家，又是雜劇劇團的領導者，雜劇的導演者和著名演員。

關漢卿是一個全身瀰漫著戰鬥精神的劇作家。他代表被壓迫人民，以雜劇為武器，向黑暗勢力宣戰，極力暴露壓迫者的醜惡和無恥，對人民的痛苦和不幸給予極大同情，熱情歌頌被壓迫者尤其是青年婦女的高尚品格、鬥爭智慧和堅強樂觀的反抗精神，在深刻的現實主義描寫中融匯著濃厚的浪漫色彩，閃耀著理想的光輝，令人民歡欣鼓舞。關漢卿善於塑造各階層人物的性格，如竇娥、趙盼兒、譚記兒、王瑞蘭、關羽、桃杌、張驢兒、周舍、楊衙內等等，無不栩栩如生。由於關漢卿是雜劇行家，所以其劇作的結構嚴密巧妙，情節緊湊多變，矛盾衝突尖銳集中，語言質樸生動而有意境，王國維評價他：「一空依傍，自鑄偉辭，而其言曲盡人情，字字本色，故當為元人第一。」總之，關漢卿雜劇的特點是：接近群眾，熟悉群眾生活，採用群眾喜愛的藝術形式、語言、素材，在一定程度上反映了群眾的思想、觀點、愛好和趣味，適合舞臺演出，因而深受人民群眾的歡迎。

關漢卿雜劇的卓越成就，與他深入生活，走上戲臺密不可分。他不僅能創作劇本，還親臨戲班做導演，以至充當演員，登臺演出。明代臧晉叔說：「關漢卿輩，爭挾長技自見，至躬踐排場，面傅粉墨，以為我家生活，偶倡優而不辭。」這段話為我們提供了一份當時混跡於勾欄瓦舍之中的下層文人從藝生活的真實記錄，說明關漢卿把演戲作為自己生活的重要內容，即使與倡優（演員）為伍，也絕不推辭，不怕世人譏嘲，可見他全身心地投入了戲曲事業。關漢卿自編自演，就能充分體現劇作主旨，準確把握人物性格，熟諳舞臺藝術規律，

「隨所妝演，無不摹擬曲盡，宛若身當其處，而幾忘其事之烏有」，使他成為第一流的當行作家。

關漢卿雜劇具有巨大的藝術生命力，給後人提供了豐富的精神食糧，如今他已成為世界文化名人，受到全世界人民的敬仰與愛戴。

關漢卿一生創作的雜劇，據明代天一閣本《錄鬼簿》存目多達六十二種，占現存元雜劇全目的十分之一，其數量之多，質量之高，在元雜劇家中首屈一指，但保存至今的只有十八種。其中的《竇娥冤》、《蝴蝶夢》、《救風塵》、《拜月亭》、《望江亭》、《單刀會》等劇，至今仍活躍在戲曲舞臺上。

《竇娥冤》是關漢卿晚年所作。全劇以竇娥之冤為中心線索，描寫的是年輕寡婦竇娥一生的悲劇命運，從而反映了元代吏治的腐敗、社會的黑暗以及廣大人民的反抗鬥爭。

《竇娥冤》的故事情節是這樣的：元朝時有個女子竇端雲命運非常悲苦，三歲喪母，父親竇天章是飽學秀才，功名未遂，窮愁潦倒。後來父女倆流落到楚州，竇天章因無法償還寡婦蔡婆婆的二十兩銀高利貸，被迫把七歲的端雲抵給蔡婆婆做童養媳，然後便上京應試去了。蔡婆婆給端雲改名為竇娥，並把家搬到山陽縣。竇娥十七歲時與丈夫完婚，次年丈夫便因病去世，她自嘆道：「竇娥也，你這命好苦也呵！」她決心侍養婆婆，為夫守節，希望來世有個好命。

竇娥守寡的第三年卻有橫禍降臨。一天，蔡婆婆出城向賽盧醫討那二十兩銀的高利貸，賽盧醫竟把她騙到僻靜處，要勒死她以賴債，幸好被過路的地痞張驢兒和他父親衝散。當他們聽說蔡家只有寡婦婆媳二人時，便乘人之危，心生邪念，硬逼蔡婆婆答應招他爺倆為婿，蔡婆婆只好把張氏父子領回家住。竇娥一方面勸婆婆要貞心自守，別六十歲了還想招夫嫁人，以免遭人恥笑；同時自己嚴守婦道，對張驢兒的調戲堅決反抗。張驢兒惱羞成怒，要毒死蔡婆婆而強占竇娥。他在竇娥給蔡婆婆做的那碗羊肚湯裡偷偷下了毒，豈料這湯被他父親誤食，中毒而死。張驢兒便誣賴竇娥毒死了他父親，要挾竇娥順從，否則就去官府。竇娥自以為理直，相信王法明如鏡，清如水，毅然與張驢兒一起去見官。哪想到楚州太守桃杌是個貪官酷吏，他把告狀的視為衣食父母，聽信了張驢兒的誣告之辭，不許竇娥申辯，對竇娥進行嚴刑逼供。竇娥被打得昏死三次，但仍不屈服，並質問太守：「你說我下的毒，我的毒藥從何而來？」狠毒又狡猾的桃杌轉命衙役拷問蔡婆婆，竇娥寧願自己蒙受不白之冤，也不願讓婆婆遭受皮肉之苦，就屈招了「藥死公公」的罪名。桃杌得意地說：「早招何必受這份罪？讓她畫供，把她下到死囚牢裡，明日押赴市曹問斬！」

次日，竇娥被押赴刑場。一路上，她斥罵天地不公，日月不明，申訴了自己的冤屈。竇娥臨死前還惦念著婆婆，她哀求劊子手走後街，怕走前街時婆婆看見她赴刑而哀痛。但蔡婆婆還是趕來了，婆媳倆悲痛地訣別。竇娥囑咐婆婆在她死後別忘了祭奠她，她安慰婆婆說：「婆婆，再也不要哭哭啼啼，煩惱怨恨了，這都是我時運不好，趕上這個世道，使我不明不白，負屈銜冤。」竇娥對婆婆表示，一定要爭到頭，鬥到底，做鬼也不放過迫害她的惡棍、昏官。臨刑之前，竇娥發下三樁誓願：倘若她死得冤屈，刀過頭落，一腔熱血飛濺在高懸的白練上；時值六月，天降三尺瑞雪，掩蓋屍首；讓楚州大旱三年。之所以發下三願，是因為「官吏們無心正法，使百姓有口難言」。竇娥之冤感動了天地，三樁誓願一一應驗了。

三年之後，身為肅政廉訪使的竇天章來到楚州。原來十六年前，竇天章至京一舉及第，官拜參知政事。他清正廉明，深受皇上器重，官運亨通，但卻因端雲下落不明而愁得兩鬢斑白。來到楚州地界，竇天章更加傷感，並對楚州嚴重的旱災深感奇怪。晚上，竇天章在燈下審閱刑獄案卷，看的第一宗就是「犯人竇娥，將藥毒死公公」一案，心想：「這個女犯與我同姓，卻犯了十惡不赦之罪，定無翻案之理。」隨手把這宗案卷壓在底層，不想再看。但竇娥的鬼魂顯靈了，一連三次把自己的文卷翻到上面，請父親過目，並出來與父相認。竇娥之魂向父親控訴了自己蒙冤被害的經過，要求為她報仇雪恨，翻案平冤。竇天章沒想到有生之年還能見到女兒，更沒想到女兒已成冤魂，他既驚駭又痛心，對製造冤獄的邪惡之徒無比憎恨。第二天，竇天章拘傳有關罪犯，證人張驢兒、桃杌、賽盧醫、蔡婆婆等到場，竇娥之魂也勇敢地登堂對質，她一一指斥了贓官、惡棍、無賴們的罪行。竇天章查明瞭案情，宣判道：「張驢兒毒殺親爺，奸占寡婦，合擬凌遲，剮一百二十刀處死。升任州守桃杌並該房吏典，刑名違錯，各杖一百，永不敘用。賽盧醫不合賴錢，勒死平民；又不合修合毒藥，致傷人命，發煙瘴地面，永遠充軍。竇娥罪改正明白。」竇娥之冤被昭雪了，其魂長吁一口氣，然後對父親說：「爹爹，衙門自古朝南開，窮人沒有不受冤的！從今後您要用好勢劍金牌，把世間的貪官汙吏都殺掉，替萬民除害，孩兒沉埋九泉之下，也能瞑目了。」竇娥又囑咐父親收養她的年邁孤苦的婆婆，父親一一答應了。父女人鬼殊途，陰陽兩隔，不得不灑淚而別。竇娥的冤屈已申，楚州遂普降甘霖。

劇中的竇娥，是個安分守己、善良柔順、恪守節孝倫常的女子，她想聽從命運的安排，按天理去行事做人，結果卻被推向刑場。這就不僅是個人的不幸，而是一種社會的悲劇了。在殘酷的現實面前，竇娥終於覺醒了，認清了官府的真面目，在押赴刑場途中，她的悲憤仇恨像火山一樣爆發出來，發出了驚天動地的控訴和吶喊：

〈正宮・端正好〉沒來由犯王法，不提防遭刑憲，叫聲屈動地驚天。頃刻間遊魂先赴森羅殿，怎不將天地也生埋怨。

〈滾繡球〉有日月朝暮懸，有鬼神掌著生死權。天地也只合把清濁分辨，可怎生錯看了盜跖顏淵：為善的受貧窮更命短，造惡的享富貴又壽延。天地也，做得個怕硬欺軟，卻原來也這般順水推船。地也，你不分好歹何為地？天也，你錯勘賢愚枉做天！哎，只落得兩淚漣漣。

在這兩首曲詞中，竇娥敢於叱天罵地，敢於指斥神聖的皇天后土，對封建統治秩序進行批判與否定，充分表現了可貴的反抗精神。她不僅唱出了自身的冤屈，也唱出了封建社會千千萬萬被壓迫者的心聲。作家還以積極浪漫主義創作方法，讓竇娥的三樁奇願一一實現，讓竇娥的鬼魂出場訴冤復仇，表現了人民申冤復仇的強烈願望和正義不可戰勝的巨大力量，從而深化了全劇的主題。最後的清官斷獄結局雖然有一定的思想侷限性，但從另一方面表現了古代人民對清官的渴望和法制之夢。

關漢卿創作的精彩散曲

提起關漢卿，人們首先就會想到他的雜劇，這是由於他在雜劇創作上所取得的成就太大了，就是不知道他名字的人，也知道他的雜劇。中國人有誰不知道，六月飄雪《竇娥冤》呢？他所創作的雜劇，數量之多，質量之高，在已知的二百四十餘位元代劇作家中是首屈一指的。然而殊不知，他的散曲創作取得的成就，也是幽默詼諧，蘊藉風流，在元代前期散曲中占有十分重要的地位。關漢卿生活的年代大約是在十三世紀二三十年代至世紀末，正是金衰蒙興、元盛宋亡的時代。他一生的大半時間又是在大都度過的，後來也到過洛陽、開封等地，在南宋滅亡後也曾遊歷杭州。因而身逢亂世的他，對於戰爭的災難和元朝的嚴酷統治有著深切的感受和體驗。他不滿黑暗的社會現實，也不屑為官，只把全部精力和才華投入到戲曲藝術中去了，故而成就了中國文學史上一位偉大的雜劇、散曲作家。

當時的大都是中國北方政治、經濟、文化的中心，聚集了許多才子、藝人，關漢卿與當時比較有名的戲曲家王和卿、楊顯之、梁退之、費君祥等交情很深。與當時的名演員朱簾秀等也有很多的往來。在與這些人的交往中，他們互相切磋技藝，又一起彈琴唱曲，飲酒賦詩。在這裡，他多方面接觸和觀察社會，體味人生，極大地充實了他的藝術修養，也使他對勾欄戲院的生活十分熟悉，豐富了他的創作內容與創作題材。元代熊自得在《析津志》中稱關漢卿：「生而倜儻，博學能文，滑稽多智，蘊藉風流，為一時之冠。是時文翰晦盲，不能獨振，淹於辭章者久矣。」這是對他的性格才能所作的比較實際的概括。然而關漢卿的才能和興趣還不僅在文學創作上，他精通音律，擅長歌舞，常「躬踐排場，面敷粉墨，以為我家生活，偶倡優而不辭」（臧晉叔《元曲選序》），自己就能登上舞臺表演。說明他不但有創作才能而且有藝術實踐。這樣的生活經歷和性格特徵，對他散曲的藝術風格和所表現的內容有直接的影響。

我們知道在他的散曲中，一個重要的內容就是反映自己的生活和性格。在〈南呂．一枝花．不伏老〉中，關漢卿對自己作了十分生動的描繪，可以看做是他的自敘傳。這是關漢卿的代表作，全套由四隻曲子組成。以第一人稱「我」的口吻，用民間小調的形式，全篇語言通俗幽默，酣暢淋漓，若滔滔奔瀉的江河，坦率無忌地介紹自己，讚賞自己，自我調侃，多側面、多角度地刻畫了一個特殊環境中的特殊人物形象，也為我們勾勒出一幅當時長期浪跡於勾欄瓦舍之中的下層文人從藝生活的真實畫面。其中最精彩的部分是〈尾〉曲：

我是個蒸不爛、煮不熟、捶不扁、炒不爆、響噹噹一粒銅豌豆，恁子弟每誰教你鑽入他鋤不斷、斫不下、解不開、頓不脫、慢騰騰千層錦套頭？我玩的是梁園月，飲的是東京酒，賞的是洛陽花，攀的是章臺柳。我也會圍棋，會蹴鞠，會打圍，會插科，會歌舞，會吹彈，會咽作，會吟詩，會雙陸。你便是落了我牙、歪了我嘴、瘸了我腿、折了我手，天賜與我這幾般兒歹症候。尚兀自不肯休。則除是閻王親自喚，神鬼自來勾。三魂歸地府，七魄喪冥幽。天那，那其間才不向煙花路兒上走。

全篇語言潑辣，大量使用排句，隨心所欲地加入襯字，形成一種潑辣、奔放的氣勢，充分體現了關漢卿散曲特有的藝術風格。這雖然不是他的全部生活，但無疑也反映了他生活的一個重要方面。「銅豌豆」原是舊時妓院裡對「老嫖客」的暱稱，關漢卿毫不隱諱地稱自己為「老嫖客」，而且還是一個響噹噹桀驁不馴的「老嫖客」，既顯出他的幽默情趣，其實也是對當時作者從事戲曲創作、深入社會生活的現實與倜儻風流的個性風采所作的如實描繪。因當時精通戲劇表演、能歌善舞的女演員多由妓女充當，優伶和娼妓是一類人，被稱做「倡優」。劇作家接觸最多的自然就是這一類人。所以，明初的賈仲明在〈挽關漢卿辭〉中稱他是：「驅梨園領袖，總編修師首，捻雜劇班頭。」在〈南呂・一枝花・贈朱簾秀〉中，關漢卿描述了當時著名的戲曲女演員朱簾秀技藝的高超和風姿的秀美，從中可以感受到戲曲作家對這位天才女演員的深切關懷和愛惜，體會出兩人之間的親密情意，也可以證明作者這方面的真實生活。從保存在元人楊朝英所編的《陽春白雪》和《太平樂府》中的關漢卿散曲來看，現存有完整的散套十二篇，小令五十七首。除了這一類自敘自己生活和性格的作品外，其中絕大部分屬於描寫男女戀情、抒寫離愁別恨的戀情詠歌，或描繪景物的作品。

由於關漢卿深入下層社會，長期在歌場舞榭中出入，對於那個階層中的男男女女的精神面貌、性格特徵以及他們的情感世界，都有非常深切的體會，因而他的散曲也真實地反映了這方面的內容。比如〈仙呂・一半兒・題情〉這組散曲，以通俗的語言，大膽活潑的情趣，生動逼真地描繪了一對青年男女的一見鍾情、別後相思的愛情發展變化過程：

雲鬟霧鬢勝堆鴉，淺露金蓮簌絳紗，不比等閒牆外花。罵你個俏冤家，一半兒難當一半兒耍。

碧紗窗外靜無人，跪在床前忙要親。罵了個負心回轉身。雖是我話兒嗔，一半兒推辭一半兒肯。

銀檯燈滅篆煙殘，獨入羅幃淹淚眼，乍孤眠好教人情興懶。薄設設被兒單，一半兒溫和一半兒寒。

多情多緒小冤家，迤逗得人來憔悴煞，說來的話先瞞過咱。怎知他，一半兒真實一半兒假。

全篇由四支小令組成。在第一支小令裡寫一個少年遇到一位十分美麗的少女，她有一頭茂密鬆散的黑髮，容貌嬌美，身段苗條，在裙襬下微微露出一雙三寸「金蓮」小腳。腳一挪動，曳地的「絳紗」長裙就隨風飄擺，發出簌簌的聲響，更顯出少女的千嬌百媚、輕盈豔麗的姿容。少年一見傾心，產生愛慕之情。但由於封建禮教觀念的束縛，他不敢在人前公開表白，只能滿懷希望和失望、愛憐和懊惱交織的情感，自我解嘲地、一半兒迤逗一半兒玩笑地罵了對方一句「俏冤家」。簡潔幾句，就把這個「多情多緒」的少年，在一剎那間內心的活動細緻逼真地表現出來。第二支小令則寫出兩人在愛情生活中的一個有趣細節。少年偷偷地來到姑娘房中相會，當時環境特別幽靜，碧紗籠著的窗櫺外沒有一點人聲。少年大膽地跪在姑娘的床前，要與她親熱，表現出滿腹深情，而姑娘則面帶嬌嗔，假意轉過臉去，卻「一半兒推辭一半肯」，接受了少年的愛撫。此時又把少女的既羞澀矜持又大膽深情的內心世界展露無遺，使我們彷彿看到了一個少女那半嗔半羞、半推半就的情態。第三、四支小令寫的是他們分別後的相思之苦。主要描繪了少年離去後姑娘的哀怨情緒。銀臺上的燈火已經熄滅，餘煙消盡，只剩下女主人公一個人孤獨地走向冷清清的床帳，因而產生了既怨又愛、既惱又想的矛盾心情。一句「小冤家」，照應了前面的「俏冤家」，這種煩惱哀怨的感受把握得極為準確。再比如〈南呂・四快玉・別情〉：

自送別，心難舍，一點相思幾時絕？憑闌袖拂楊花雪。溪又斜，山又遮，人去也。

又比如〈青杏子〉：

天付兩風流，翻成南北悠悠。落花流水人何處？相思一點，離愁幾年，撮上心頭。

這類小令，只用寥寥數語，就可寫盡繾綣深情，而且韻味含蓄婉轉，言語通俗明快，音調和美，顯露出質樸自然的情致。

關漢卿的散曲還善於描繪景物，如〈黃鐘・侍香金童〉的第一支小令：

春閨院宇，柳絮飄香雪。簾幕輕寒雨乍歇，東風落花迷粉蝶。芍藥初開，海棠才謝。

一個小小的庭院，剛剛一陣春雨過後，簾幕間略帶一點寒意，院子裡柳絮開始飄散，芍藥花剛剛開放，海棠已凋謝，蝴蝶貪戀著被東風吹掉的落花。語言樸素，描繪了一幅花謝春歸圖。這樣精美的景物描寫，在關漢卿的散曲中極為多見。

雖然關漢卿的散曲，在他的全部作品中，只不過是大海中的點點微波，但在整個元代散曲中，卻占有重要的地位。比較鮮明地表現了元代前期散曲中特有的民間文學的通俗性、口語化，以及北方民歌中直率大膽、潑辣、少顧忌的爽朗之氣和質樸自然的情致，體現了本色當行與雅俗共賞的藝術特色。

儘管在關漢卿的散曲中，也還有一些庸俗浮薄的作品，但瑕不掩玉，其散曲的偉大成就，是不可低估的。

智勇雙全《救風塵》

風塵女子是對妓女的稱謂，是相對於良家婦女而言的。在元代，隨著城市經濟的繁榮，在大都市中集中了大量的妓女，全國歌舞之妓，何啻億萬！這些妓女們靠色藝賣笑為生，成為有錢人的玩物，命運十分悲慘。為擺脫非人境遇，她們急切盼望「從良」，過正常人的生活。但元法規定，樂人只許嫁樂人，平民百姓禁娶樂人為妻，有的妓女即使從良了，也是所嫁非人，飽受折磨。關漢卿的《趙盼兒風月救風塵》就真實地展示了風塵女子爭取從良的曲折過程，讓我們看到趙盼兒的大智大勇和俠肝義膽。

《救風塵》寫了妓女趙盼兒為搭救錯嫁給商人周舍的姐妹宋引章，利用周舍好色的特點，虛與周旋，騙得休書，使宋引章脫離虎口的故事。元朝汴梁歌妓宋引章，年輕不通世故，一心要悔掉與窮秀才安秀石所訂的婚約，嫁給鄭州的周舍，因為周舍之父官為同知，家有財勢，周舍本人又做著買賣，對宋引章百依百順，獻盡殷勤。趙盼兒本著她的生活經驗，苦苦勸阻宋引章說：「我們這些淪落風塵的姐妹，誰不想從良，嫁個稱心如意的丈夫呢？但是到妓院裡來的男人都是尋歡作樂的，沒有真心看重咱們的。就如那個周舍，是花街中有名的嫖客，慣會虛情假意，甜言蜜語，你若嫁他，過不了一年半載，你準被折磨、拋棄，那時你悔之何及？快打消此念吧！」宋引章賭氣說：「若真到了那一步，我也決不來找你！」果然，宋引章才過門，即被周舍打了五十殺威棒，以後被朝打暮罵，受盡凌辱。宋引章痛苦不堪，寫信求趙盼兒相救。趙盼兒雖然怪宋引章幼稚無知，不聽人勸，以致遭受欺凌，但出於義憤，她決定挺身相救，用美人計引周舍上鉤。她非常自信地說：「不是我誇海口，縱使他詭計多端，也難逃我這煙月手！」隨後，趙盼兒運籌帷幄，巧做安排：一面捎信給宋引章，叫她依計而行；一面囑咐安秀石怎樣行事；一面收拾衣物行李，親自趕往鄭州去見周舍。周舍一見趙盼兒打扮得花枝招展，楚楚動人，對他又親熱無比，一時懵住了，不知在哪兒見過這個俏麗佳人，等他認出是趙盼兒時，就惡狠狠地說：「給我打這娼妓，當初就是她反對宋引章嫁我來！」趙盼兒假裝委屈，說：「當初在汴梁時，我為你茶飯不思，一心嫁你，豈料你要娶宋引章，把我擱在一邊，這讓我怎能不惱不妒？今天我專門從汴梁趕到這，一心嫁你，你卻又打又罵的，我枉為你斷夢勞魂。罷了，我還回汴梁！」周舍喜出望外，忙向趙盼兒賠情，當天就住在客店，與趙盼兒廝守。過了兩天，宋引章找上門來吵鬧，又罵周舍又罵趙盼兒的，周舍持著一根大棒威嚇宋引章趕緊回家，趙盼兒生怕引章挨打，就攔住周舍，說：「我也不是饒人的，但你休在我面前耍脾氣。再說，你真的打死她，可怎麼辦？」周舍說：「丈夫打死老婆，不該償命。」宋引章賭氣走了，趙盼兒也佯怒道：「哦，我明白了，周舍，這是你使的好計策，你假意在這兒坐著，卻暗中叫媳婦來罵我，枉費了我對你的情意！」周舍忙表白說：「若是我教她來的，我不得好死！」趙盼兒說：「如此說，是這妮子不賢惠，你乾脆休了她，我嫁給你！」周舍滿口答應，心裡卻怕弄個尖擔兩頭脫。趙盼兒早猜出周舍的心思了，就說：「周舍，你若不信我，我在你面前賭咒發誓：你若休了媳婦，我卻不嫁你，讓我天打五雷轟，不得好死！」周舍還是半信半疑，他想趁熱打鐵，騙下趙盼兒，就讓店小二快去買花紅羊酒。趙盼兒嬌嗔地說：「周舍，我誠心嫁你，所需彩禮早預備好了，還用你操心？我一身都許給你了，豈在乎那些東西！只要你休了宋引章，我情願倒貼房奩與你結親！」周舍大喜，當著趙盼兒的面寫好了休書，然後匆匆回家去驅逐宋引章。宋引章假裝委屈，偏偏不走，周舍把休書塞給宋引章，狠狠地把她推出家門。宋引章心花怒放，心說：「周舍，你真蠢呀！盼兒姐姐，你真強呀！」

周舍休棄了宋引章，一溜小跑，到客店去見趙盼兒，一看人財皆無，心知中計了，急切中又找不到馬匹，只好步行去追趕趙盼兒。原來，趙盼兒在汴梁動身前捎給宋引章的信中，定好了一步步的計策，叫宋引章如何到客店去爭風、吵鬧，賺到休書後就趕緊到出城路口去會合。這邊周舍一走，趙盼兒也連忙收拾東西趕奔路口。姐妹二人一見面，宋引章就感激地說：「若不是姐姐，我怎能夠出得了那虎穴狼窩？怎能夠逃出周舍的魔爪？」趙盼兒說：「那個流氓，自恃玩色欺女有權術，豈知我以其人之道還治其人之身，賺得休書。引章，你把休書拿來我看。」宋引章一邊遞上休書，一邊緊張地向四周張望，趙盼兒看完休書，依舊還給引章，說：「你一定要保存好，你再嫁人時全憑這一紙休書作印證。我們快走吧！」

二人剛走不遠，周舍就氣喘吁吁地趕上來，喝道：「賤人，哪裡去？宋引章，你是我老婆，為何逃跑？」宋引章說：「周舍，是你給了我休書，把我趕出了家門。」周舍說：「休書上手模都印五個指頭，我給你的只印四個！」引章不知有詐，忙掏出休書驗看，周舍趁機奪過去，連撕帶咬地把休書毀了，引章猝不及防，失了休書，急得哭起來。周舍又指著趙盼兒說：「你也是我老婆！」趙盼兒假裝沒聽懂，問道：「我怎麼也是你老婆？」「你受了我的花紅羊酒之聘！」趙盼兒說：「花紅羊酒都是我自己的，你未出分文就想賴我為妻，真是淫濫無恥！」周舍又說：「你曾發誓要嫁我！」趙盼兒說：「我那是賣空虛，我就以賭咒發誓為活路，並且都是從你們嫖客身上學來的。若人人信什麼盟誓，早死得閉門絕戶了。」周舍氣得火冒三丈，拉住宋引章，要去告官，宋引章嚇得邊後退邊說：「姐姐，休書被他毀了，怎麼辦？」趙盼兒說：「妹妹別怕，我們和他去公堂見官！」三人來到鄭州官府，太守李公弼正在堂上坐著。周舍撲通跪倒，高喊：「冤枉！大人可憐見，趙盼兒設計混賴我媳婦宋引章！」趙盼兒據理申辯說：「大人，宋引章是有丈夫的，被周舍強占為妻，周舍又給了她休書。」說罷，趙盼兒取出一張休書遞給太守，宋引章和周舍都吃了一驚。趙盼兒小聲對宋引章說：「周舍毀掉的是假休書，是我模仿他的筆跡造的副本，剛才在路口和你那真的交換了，太守看的才是正本。」太守驗明休書是真的，然後問道：「宋引章的原夫為誰？」正在這時，接到趙盼兒書信的秀才安秀石也從汴梁趕到，到鄭州府狀告周舍說：「小民告周舍強奪我妻宋引章，望大人給小民做主。」說完拿出婚書，指趙盼兒為媒證。李太守宣判說：「周舍強奪人妻，公然傷風敗俗，人證物證俱全，斷周舍罪杖六十，與民一體當差。宋引章仍為安秀石之妻。」故事就這樣以卑賤者的勝利結束。

《救風塵》是出著名的喜劇。趙盼兒是關漢卿塑造的妓女形象中最具光彩的人物。她雖然不幸淪落風塵，身陷汙濁的妓院，卻有著美好的心靈，高貴的品質。為拯救患難姐妹，她甘冒風險，「強打入迷魂陣」，具有俠肝義膽。而在對敵鬥爭中，趙盼兒表現得異常機智、勇敢和老練。她熟悉周舍的狡猾虛偽和惡毒的特性，也深知其貪財好色的弱點，因此無所畏懼，對周舍充滿蔑視，對勝利的前景樂觀自信。她巧施機謀，以財、色引誘周舍上鉤，玩周舍於股掌之上，最後又借助官府懲治了這個惡少。趙盼兒的勝利，表現了正義者在精神、道德方面對邪惡勢力的嘲弄和譏諷，因而使全劇充滿喜劇色彩。關漢卿是淪落市井的下層文人，他與妓女交友，以雜劇形式為她們寫照傳神，體現了作家思想的進步性。另外，劇中宋引章的從良波折，一方面說明文人地位的低下，以致為妓女所鄙棄；另一方面說明妓女從良，嫁給窮書生是較好的歸宿，體現了作家對自身價值的肯定以及渴求紅粉知己的內心隱祕。

《救風塵》的結構嚴密，情節緊湊多變，善於設置懸念，使劇情波瀾起伏，引人入勝。正如王國維在《宋元戲曲考》中所說的那樣：「關漢卿之《救風塵》，其佈置結構，亦極意匠慘淡之致，寧較後世之傳奇，有優無劣也。」

「單刀赴會」關雲長

元代空前的階級壓迫和民族壓迫，使廣大人民渴望關羽、張飛、李逵式的英雄豪傑應時而出，維護民族利益，救民於水火，改變黑暗的社會現實；而作家們為了免遭文字獄的迫害，也往往借用歷史題材來抒發對現實的不滿，表達自己的理想。因此，元代產生了許多歷史英雄戲，其中三國英雄劇有三十多種，關漢卿的《關大王獨赴單刀會》最為傑出。

關羽（？—二一九年），字雲長，三國蜀漢大將。東漢末年從劉備起兵，結義為兄弟。建安十九年（二一四年）鎮守荊州。建安二十四年荊州被孫權襲取，關羽兵敗被殺。關羽忠貞重義，智勇雙全，威風蓋世，在民間傳說中逐漸被神化。關漢卿所作《單刀會》中的關羽，既有歷史人物的影子，又融入了作家的主體意識和時代氣息。

劇本寫三國時魏、蜀、吳各據一方，劉蜀的將軍漢壽亭侯關羽鎮守荊州。荊州是吳、蜀的必爭之地，原是劉備向吳國借來的，雙方約定，劉備取了西川即還荊州與吳。可是劉備得川後，卻一直不提此事。魯肅是當時作保的人，孫權責令他一定要討回荊州。以前周瑜在世時多次向劉備討荊，都未成功，兩家結怨很深。因此魯肅對討荊一事頗感頭疼。經過冥思苦想，魯肅終於定出取荊三計：第一計是設宴邀請關羽赴會，用好言相勸，以禮索回荊州；第二計是禮取不成，就囚禁關羽，逼他交還荊州；第三計，軟禁不還，再讓暗藏的甲士將關羽殺掉，進軍奪取荊州。

魯肅定下三計還怕不妥，就向喬玄討教。喬玄認為使不得，一是討荊必挑起戰爭，使萬民遭劫；二是赤壁大戰劉備一方有功，東吳一方理應把漢上九州分給劉備作為酬勞；三是關羽威猛剛烈，恐怕魯肅用計不成反遭其害。最後喬玄預言：「子敬，雖然你岸邊藏了無數戰船，但無非是給關羽搭了個返荊的浮橋。」魯肅在喬玄處討了個沒趣，悻悻而歸，但他還不肯罷休，便去找道士司馬徽商量。魯肅說了三計，然後請求道：「你與關羽是故交，你來宴會作陪，勸他還荊州，以免大動干戈。」司馬徽連忙搖頭拒絕道：「我與關羽雖為故交，但在還荊州問題上他不能聽我調解，弄不好他會動怒，你我性命休矣，連東吳的八十座軍州也難以保全。」司馬徽一再囑咐魯肅，關羽如果來赴宴，一定要小心款待，躬身侍候。聽了兩人的勸阻，魯肅雖也心懷畏懼和猶豫，但一想到在主公面前難以交差，況關羽若來，無異於籠中困獸，不難擺布，便寫好邀請信，派使者去送，隨後令呂蒙領兵埋伏在江邊，以對付關羽帶來的軍隊。

使者入荊見了關羽，具道魯肅相邀之意，呈上書信。關羽見信上寫著「為慶賀玄德公稱主漢中，誠邀雲長過江赴宴」等字，立刻識破了魯肅的用心。他神情雍容鎮靜，慨然應諾。使者走後，關平說：「魯肅相邀，必無好意，父親何故許之？」關羽說：「我豈不知他那待客的筵席是殺人的戰場？他要乘機逼我交還荊州，我倒要看看他能把我怎麼樣。」關平勸阻說：「魯肅詭計多端，父親不要中了他的圈套，況且隔著那麼寬的漢陽江，一時打起，急切裡怎麼接應？」關羽豪爽地笑道：「縱使他雄赳赳排著戰場，威凜凜兵屯虎帳，我依舊能千里獨行，過關斬將。不是我逞強自專，我是三國英雄漢雲長，胸有豪氣三千丈，豈懼那些狐朋狗黨！我要讓他們恭恭敬敬送我到船上！」關平見勸不住，自去準備接應事宜。

第二天，關羽只帶周倉等十幾人隨從，乘一葉扁舟過江赴會。關羽坦然自若，不像是去親臨虎穴，倒似去看賽神會。船到大江中流，但見波濤萬頃，壯闊雄奇，赤壁遺跡歷歷在目，關羽不禁感慨道：「在這大江上不知湧現過多少英雄豪傑，一場赤壁大火，燒得江水猶有餘熱，這不是江水，而是二十年都沒流盡的英雄血呀！」關羽抑制不住自己的激動，便慷慨悲歌。

再說魯肅聽說關羽今天來赴會，暗喜關羽中他計了，早已安排好刀斧手的埋伏及行動口令等事。等關羽船到，魯肅見只有十幾人跟隨，不禁驚疑，忙把關羽接入陸口寨外的臨江亭內。賓主敘禮後，入席飲酒。關羽身材健偉，氣宇軒昂，談笑自若，魯肅不敢仰視。酒至半酣，魯肅拐彎抹角地談出索取荊州的意圖，關羽正色道：「子敬請我來，是為吃筵席還是為索荊州？你這樣攀今攬古，分斤撥兩，分明是想使孫、劉唇齒關係變作吳越仇敵。」魯肅便以言語相激，責關羽傲物輕信，借地不還，說關羽「全無仁義之心，枉作英雄之輩」。關羽大怒，氣勢咄咄逼人，理直氣壯地說：「這天下是誰的？是漢家的。漢高祖開基立業，漢光武秉正除邪，漢獻帝誅殺董卓，漢皇叔滅掉溫侯。俺哥哥是漢室宗親，為扶漢室屢建奇功，理應承受漢家基業，更何況占有荊州！而你東吳的孫權和劉家有何瓜葛，為何占有江東八十一州？你們還貪心不足，屢討荊州！」魯肅理屈詞窮，又生氣又害怕，遂高喊「臧宮動樂！」聽到行動暗號，五十個埋伏的刀斧手從四面八方蜂擁而上，筵席上殺氣騰騰。關羽見勢不好，拔劍擊案，打碎菱花鏡，刀斧手被震懾住，不敢接近關羽。關羽從容不迫，一手執劍，一手揪住魯肅，說：「誰敢上前，我就砍了他！子敬，我醉了，好好送我上船，我和你慢慢告別！」魯肅被關羽挾持，嚇得魂不附體，只好隨他到江邊。

再說呂蒙。先前呂蒙領兵伏於岸側，見關羽單刀赴會，未帶兵卒，只有十幾人跟隨，便鬆了一口氣，並暗自佩服關羽的勇氣。如今見關羽持劍，扯著魯肅到江邊，又倒吸一口涼氣，本欲衝出去救，又恐魯肅被傷，遂不敢動。這時，關羽預先安排的接應兵力——關平所率十隻快船、五百精兵也已到達。關羽撒開魯肅，從容登舟，拱手與魯肅告別，說：「承蒙子敬設宴款待，又親送上船，多謝！我說兩句話先生記住了：百忙中稱不了老兄心，急迫之間倒不了俺漢家節！」魯肅受到這番驚嚇和嘲弄，又眼睜睜見關羽乘風而去，遂如痴似呆，頹然坐地。關羽坐在船上，心花怒放，說不盡的喜悅，一路上談笑風生。此時明月高懸，水面上銀波盪漾，浩渺無垠，江風涼爽怡人，關羽欣賞著美景，勝利返回荊州。

《單刀會》是一曲有著強烈戰鬥性的英雄頌歌。關羽單刀赴會的事蹟，在《三國志》和《三分事略》平話中都有記載和描寫。《三國志‧魯肅傳》中，記載了魯肅為索取荊州，與關羽相會，並大義凜然地譴責劉備貪而棄義。而平話《三分事略》則以「尊劉」的觀點，渲染了關羽的英武和震懾力量，魯肅反而變得理屈詞窮了。《單刀會》雜劇吸取了平話的尊劉立場，通過關羽形象，歌頌了敢於反抗強暴的大無畏精神和必勝信念及對敵鬥爭的勇敢機智，突出強調了關羽保衛「漢家基業」的赤膽忠心和威武不屈的「漢家節」，一定程度上流露了民族感情，鼓舞了人民向壓迫者鬥爭的勇氣和信心。劇中還表現出希望和平，反對戰亂的思想，如第一折喬玄所唱〈寄生草〉：「幸然天無禍，是咱這人自招，全不肯施仁發政行仁道……你待千軍萬馬惡相待，全不想生靈百萬遭殘暴。」可見作家借古喻今的用意。

《西廂記》：願天下有情人都成眷屬

幾百年來，《西廂記》博得了历代廣大讀者的讚譽。《西廂記》中喊出的那振聾發聵的聲音——「願天下有情的都成了眷屬」——成了人們向封建禮教衝擊的一種精神力量。早在元末明初，戲劇評論家賈仲明就稱譽《西廂記》雜劇為「天下奪魁」之作。清初金聖嘆也讚賞它「乃是天地妙文」。《西廂記》真可以說是不朽之作。

《西廂記》全稱《崔鶯鶯待月西廂記》，是五本二十一折的大型雜劇。就單部作品而論，它也確是元雜劇中影響最大的。可惜的是，關於《西廂記》雜劇作者王實甫的生平事蹟，至今人們所知甚少。《錄鬼簿》說他名德信，大都（今北京）人，把他列入「前輩已死名公才人」一類，位列關漢卿之後，可見，他大約與關漢卿為同一時期人。他曾做過官，因不得志而退隱。每日幾杯酒，閒來無事到亭園中縱情遊玩，瀟灑自得。時常寫幾首詩，吟幾首曲，過著優裕的生活。他的晚景不錯，至少活了六十歲。王實甫很熟悉教坊勾欄生活，擅長寫兒女風情一類的戲。他很可能在江南生活過，對「荷香柳岸舟」、「鮮魚鮮藕」、「老菱香蟹」一類南方特有的風物很熟悉。《西廂記》的故事發生在普救寺。王實甫親自考察過普救寺這一名勝所在，而且廣泛蒐集了可用的資料，因此對普救寺的地理環境和蒲地環境的描述，使人讀後有如親臨其境之感。

普救寺在山西省西南邊陲的永濟縣境內，始建於齊末隋初。永濟，古曰蒲阪，為歷史傳說中舜都所在地。普救寺即在今永濟縣城所在地趙伊鎮西南十里土垣上，名曰峨嵋原，西臨黃河，與潼關隔河相望。寺前有一條長安經蒲津關通往北京的古驛道。一九八七年五月十三日，普救寺修復工程在清理大鐘樓基址時，出土了金代詩碣一塊，名曰〈普救寺鶯鶯故居〉。這首七律作於公元一一六一—一一七三年間，作者是蒲州副使王仲通。詩中有這樣兩句：「花飛小院愁紅雨，春老西廂鎖綠臺。」這塊詩碣的出土以及整個普救寺基址發掘的結果都證實，距今八百多年前，普救寺內「梨花深院」之中，確有西廂這一建築存在，鶯鶯即寄居於此典型環境之中。《西廂記》中關於普救寺建築的描述，確為實況記述，並非虛構。

普救寺這座千年古剎，隨著西廂故事的廣泛流傳，已成為中外遊人觀光遊覽的文化名勝。

王實甫《西廂記》講述的崔、張戀愛故事是美麗而動人的。崔相國生前，把女兒鶯鶯許配給了鄭尚書的兒子、崔夫人的侄兒鄭恆。崔相國病逝後，崔夫人和女兒鶯鶯扶靈柩歸葬，途經河中府，停靈於普救寺中。恰巧書生張珙上京應試路過普救寺，在佛殿上偶見鶯鶯，二人一見傾心。張生便藉口也住到寺中。崔、張隔牆和詩，道場傳情，偷偷搞起了自由戀愛。叛將孫飛虎為奪取崔鶯鶯，發兵圍住普救寺，危急之中崔夫人宣稱：誰有退兵良策，就把女兒嫁給誰。張生挺身而出，請來老朋友，時為征西大元帥、鎮守蒲關的白馬將軍杜確，解了重圍。眼見賊兵退去，危險解除，崔夫人立馬賴婚，翻臉不認賬。母親的突然變卦，令鶯鶯痛苦萬分。丫環紅娘同情崔、張的不幸，真誠希望這對有情人能幸福結合。於是她主動為崔、張穿針引線，安排鶯鶯在花園月下燒香，聽張生彈琴，促使兩情更加相愛。自那夜彈琴之後，張生病倒。鶯鶯請紅娘代她去張生那裡問病。紅娘捎回了張生的情書。哪料到鶯鶯卻臉色一變，聲色俱厲地罵起紅娘不該捎信。鶯鶯一面假裝生氣，一面又提起筆來給張生寫回信，暗中寫下「待月西廂下」的詩句，約張生私會。月夜，張生樂呵呵地逾牆過來赴約，不料鶯鶯又裝出一副衛道者的面孔，把張生訓斥一頓，弄得張生狼狽不堪，一氣之下臥床不起。鶯鶯又讓紅娘送去藥方，其實是約他幽會。這一對有情人終於同居了。老夫人發現崔、張結合，勃然大怒，拷問紅娘。紅娘面無懼色，從容鎮靜，針鋒相對地和老夫人辯理，以子之矛攻子之盾，抓住老夫人的弱點加以要挾，逼得老夫人只得答應了這門婚事。但老夫人又逼迫張生必須上京應試：「得官呵，來見我。駁落呵，休來見我。」張生忍痛分離，上京應試，鶯鶯十里長亭送別。張生高中狀元。豈料鄭恆來到普救寺，造謠生事欲騙婚，老夫人再次變卦賴婚。幸而張生授河中府尹衣錦還鄉，白馬將軍杜確也趕來主持正義，鄭恆羞愧自盡，崔、張終得團圓完婚。

王實甫《西廂記》問世後，很快就風靡一時。早在宋代，「待月西廂」就已成為文學創作中常用的典故和題材。作為古代的一部愛情經典，《西廂記》在流傳過程中，一度被封建統治者視為「淫書」，遭到禁毀的厄運。這些都同它反對封建禮教的精神息息相關。在中國封建社會，婚姻一定要門當戶對。結婚乃是一種政治行為，它與家族的利益、財產的分配密切相關。純屬個人的感情、意願，在婚姻問題上從來就不起決定作用。《西廂記》描繪了青年男女對自由愛情的渴望，大膽表述了「願天下有情的都成了眷屬」的美好愛情理想，張揚了受壓抑的情與慾的權利，充分生活化地表現了鮮明而強烈的「反封建禮教」的思想傾向。崔鶯鶯和張生，為追求自由愛戀，「人約黃昏後」，「燕侶鶯儔」的自由結合，可謂驚世駭俗，連被公認為具有叛逆精神的賈寶玉、林黛玉都不敢想，不敢做，確實令人刮目相看。劇作家把故事安排在鶯鶯守孝期間，安排在所謂「佛門淨地」，這就更深一層地烙上了劇作家的思想軌跡，對虛偽的封建禮教也增添了一層諷刺意味。當然，劇中最後的大團圓結局，是以張生應試高中為代價換來的，這不能不說是向封建勢力的一種無可奈何的妥協，在一定意義上顯示了劇作家反封建禮教的不徹底性。

《西廂記》中的崔鶯鶯、張生、紅娘等幾個人物，以反對、衝擊封建禮教為紐帶緊密結合在一起，光彩照人，富有生氣，可信可愛。相國千金崔鶯鶯，風情萬種，在追求自由戀愛的過程中，若進若退，充分展現了內在性格的多面性、豐富性和複雜性。「窮酸」書生張珙，追求所愛，直率大膽，誠實癡情，兼有幾分輕狂迂腐，自然天性十足。婢女紅娘，富有同情心和正義感，聰明機智，熱情潑辣，體現了理想化與現實性相融合的特質。三個人物，三副面孔，彼此襯托，相映成輝。《西廂記》在關目的佈置、戲劇衝突的設計等方面都取得了很高的成就，特別是她的語言華美典雅，具有詩劇般濃郁的抒情意味。明代文學家盛讚《西廂記》為北曲「壓卷」之作，確實不虛。

《西廂記》故事的源頭是唐代元稹的文言小說〈鶯鶯傳〉。元稹曾拋棄了自己熱愛過的一個少女，又同尚書僕射韋夏卿的小女兒韋叢結婚，以求得在政治上找個靠山，最後一直爬到宰相的高位。〈鶯鶯傳〉中崔、張戀愛的故事就是元稹以自己這段經歷為依據，經藝術構思而創作的。〈鶯鶯傳〉中的張生與崔鶯鶯經過一番周折，相愛至深，自由結合。後來張生變心，為了掃除功名仕途中的障礙，把鶯鶯說成是「尤物」、「妖孽」，拋棄了她。元稹試圖用這篇故事為自己「始亂終棄」的可恥行為進行開脫，因此在故事的結尾，稱讚張生是「善補過者」。金代董解元的〈西廂記諸宮調〉較〈鶯鶯傳〉增加了許多情節，對人物進行了根本性的改造，賦予了它反封建的主題。王實甫的《西廂記》直接取材於董西廂，並在一些關鍵地方對董西廂做了修改，進行了藝術再創造，從而使西廂故事完全定型。

讀故事 · 學文學

遼金元文學故事 上冊

編　　著 范中華
版權策劃 李　鋒

發 行 人 陳滿銘
總 經 理 梁錦興
總 編 輯 陳滿銘
副總編輯 張晏瑞
編 輯 所 萬卷樓圖書(股)公司
排　　版 鄭　薇
封面設計 鄭　薇
印　　刷 百通科技(股)公司

發　　行 昌明文化有限公司
桃園市龜山區中原街32號
電　　話 (02)23216565
傳　　真 (02)23218698
電　　郵
SERVICE@WANJUAN.COM.TW
大陸經銷
廈門外圖臺灣書店有限公司
電　　郵
香港經銷
香港聯合書刊物流有限公司
電　　話(852)21502100
傳　　真(852)23560735

ISBN 978-986-92492-4-9
2018年1月初版二刷
2015年12月初版一刷
定價：新臺幣250元

如何購買本書：
1.劃撥購書，請透過以下帳號
帳號：15624015
戶名：萬卷樓圖書股份有限公司
2.轉帳購書，請透過以下帳戶
合作金庫銀行古亭分行
戶名：萬卷樓圖書股份有限公司
帳號：0877717092596
3.網路購書，請透過萬卷樓網站
網址 WWW.WANJUAN.COM.TW
大量購書，請直接聯繫，將有專人為您服務。(02)23216565 分機10

如有缺頁、破損或裝訂錯誤，請寄回更換

國家圖書館出版品預行編目資料

遼金元文學故事 / 范中華編著.
-- 初版. -- 桃園市：昌明文化出版；
臺北市：萬卷樓發行, 2015.12
　冊；　公分. --(讀故事.學文學)

ISBN 978-986-92492-4-9(上冊：平裝)

857.63　　　　104025927